お嫁さま！
～不本意ですがお見合い結婚しました～

西ナナヲ

STARTS
スターツ出版株式会社

目次

本編

お嫁さま！～不本意ですがお見合い結婚しました～

幸せになります

「先日お会いした方を覚えているかな。ぜひこの縁談を進めたいそうなんだよ」

「えっ？」

とある小春日和、母方の叔父が持ってきたそんな話に、私は驚いた。

「でも叔父さま、あれは形ばかりのお見合いだって」

「そのつもりだったんだが、先方が乗り気なのを無下《むげ》に断るわけにもね」

都銀の副頭取をしている叔父は顔が広い。二十五歳になった私に、『会うだけでいいから』とお見合い話をいくつも持ってくるようになった。叔母に『ごめんね、桃子《ももこ》ちゃん。今、仲人が彼の中でブームみたいなのよ』と手を合わせられてしまうと、つきあってあげるのも姪《めい》の役目のような気がして、この半年で十二名の男性と会った。

最後にお会いしたのは……。

「ごめんなさい、私、緊張していて相手の方のこと、よく……」

「そうだろうと思って持ってきたよ、これを見ればどう？」

コーヒーショップの片隅で、叔父がきれいな白い台紙を開いた。身上書だ。

もちろん、お会いする前に私も見ている。けれどあまりに立て続けだったので、正直どれがだれの情報か混乱している。

「肝心の写真が……」

「最初からついていなかったんだよね。背の高い、ほがらかな好青年だったよ。思い出せないかい？」

「みなさんそんな感じだったから」

私は必死に記憶を探った。

どのお見合いも『形だけ』と聞かされていたので、失礼のないよう、楽しくやり過ごせばいいのだと、あまり相手に関心を持つこともなかった。それは向こうも同じで、やむなく私と会っているのだとばかり思っていたのに。

「先方からは、もう一度会いたいと話が来ている」

「それをお受けしたら、こちらも前向きだという意思表示になりますよね？」

「そりゃ、お断りするなら今が一番失礼がないね」

判断材料が少なすぎるよう。

「いつまでにお返事をしたら……」

「あんまりお待たせするのもあれだから、二、三日中には決めようか」

短い！

当人よりわくわくしている様子の叔父から身上書を受け取り、私は「がんばります」と控えめに伝えた。

＊＊＊

「反対！」

千晴《ちはる》さんがマグカップをテーブルに叩きつけた。

昨日の叔父との話を聞きつけて、私の住むマンションに飛んできたのだ。

「断固反対！　どうして顔も覚えてないのに、結婚なんてする気になれるの」

「好青年っていう叔父さまのお墨つきだし」

「そりゃ仲人ならそう言うわよ！」

「でも、うわあって思うほどいやな人だったら、そのことを覚えてると思わない？　記憶にないってことは、いい印象だったんだと思うの」

「あのね……」

短い髪をくしゃくしゃとかき回して唸《うな》っている彼女は、父方の伯母だ。私は両親とも他界しているので、こうして叔父や伯母がよく面倒を見てくれる。

「桃子、まだ二十五でしょ？　あせる歳でもないじゃない」

「じゃあ〝あせる歳〟っていくつ？　二十八歳くらい？　考えてみて千晴さん。あと

三年で、結婚しようと思える相手に出会う可能性なんてどのくらいの人がその可能性に賭けて、負けてる？　どのくらい
「ほんわかした口調できっついこと言うわねー」

「私は自慢じゃないけど恋愛もしたことないし、そもそも男の人にあんまり興味もない。だけど人並みに結婚はしたいと思ってるの」

ひと晩考えた結果、叔父に見せたためらいはどこへやら、私は〝背の高い、朗らかな好青年〟に会ってみる気になっていた。

千晴さんがあきれ顔をする。

「桃子ってそういうところあるのよね。妙に思いきりがいいっていうか」

「そう？」

「習い事を急にやめてきて、何度か両親を慌てさせたりしたでしょ」

「それはまた、違う話じゃない？」

そしてべつに急じゃない。私なりに半年ほど考えて、これ以上続けても自分は伸びないと判断した結果だ。バイオリン、書道、水泳などをそれでやめた。逆に、やればやるほどうまくなる気がして続けたのがピアノとバレエだ。

「同じ話よ」

「小学校のころだよ？」

「だからみんなが驚いたんでしょ！　先生までびっくりしてたわよ、あんなにきっちりあいさつしてやめていく子、いないって。待って、なんの話してたんだっけ」

顔をしかめる千晴さんに、私は「お見合いの話」と教えた。

昔から、直感を信じるほうだったかもしれない。

やってみたいと思ったらやる。いやだと感じたことは避ける。それが一番なんだよ、と両親から言われて育ったし、自分でもそのとおりだと学んだ。

成功するかしないかじゃない。後悔するかしないかだ。

千晴さんが私の顔をまじまじ見つめ、ため息をつく。

「なにを言っても聞かない顔ね、それは」

「結婚に憧れるのは、変？」

「ちっとも。仲睦まじい両親を見て育ったんだものね」

「千晴さんと旦那さんも仲よくて、憧れだった」

「ありがと」

彼女の旦那さんは、結婚十周年を迎える直前に病気で亡くなってしまったのだ。

私は千晴さんのカップが空になっているのを見て取り、キッチンに立った。彼女の好きな茶葉をポットに入れ、お湯を沸かす。

「もちろん、会ってみてやっぱり無理だと思ったら、そのときはきちんとお断りするつもり。強情を通したりしないから安心して」

「向こうの叔父さんが断れないようなら、私が言ってやるからね」

その剣幕に笑ってしまう。子どものいない千晴さんにとって、私は愛弟の忘れ形見であり、実の娘みたいなものだ。

父を思い出させるきりっとした顔立ちの千晴さんに対し、私は丸顔に、幼く見られがちな目鼻立ち。彼女の中では、まだまだ世話の焼ける小さな子に違いない。

「でも、前向きに考えてみようと思うの。お見合いだからとか、おつきあいが浅いからとか、そういうのってじつは問題じゃない気がするんだよね」

「まあ、世の中にはひと目惚れってものもあるくらいだからね」

「そう。時間をかければその人がわかるってものでもない。相性がよくなるわけでもない。自分の見る目が確かだなんて確信もない。だったら人のお墨つきを信じるのもひとつの手かなって」

「ペシミストと楽観主義者が紙一重ってことはわかったわ」

「まじめに聞いてよ。一応相談してるんだから」

「聞いてる聞いてる。あんたは慎吾《しんご》にそっくりよ。言い出したら聞かないし、結局その信じるパワーで、物事をいい方向に転がすのよね」

慎吾というのは亡き父の名だ。彼に似ていると言われるたび、私は力が湧いてくる気がする。

千晴さんがキッチンへやってきて、私の頭をぽんぽんと叩き、髪をなでた。丸顔をカバーする、肩の上までのボブだ。

「好きにしなさいよ。私が祈るのは、桃子の幸せだけよ」

私も笑い返した。

「ありがとう」


好青年は高塚久人《たかつかひさと》さんといった。

二度目はふたりだけで、ということで待ちあわせをした、都内の老舗ホテルのラウンジ。先方の顔がわからなかった私は、かなり早めに行って、見つけてくれるのを待つことにした。

約束の時刻よりほんの少し前に、「御園《みその》桃子さん?」と礼儀正しく声をかけてきたのは、人を引きつける容姿の男性だった。彼を見上げ、呆然《ぼうぜん》としてしまった。

叔父さま、この方はとても〝好青年〟でおさまるレベルでは……。

「急な話でごめんね。びっくりしたでしょ」

「はい」

高塚さんは対面のソファに座り、「正直だね」と笑い声をたてる。

背が高いのは叔父の言っていたとおりだ。スポーツをやっていたと想像させるたくましい肩、余裕のある身のこなし。濃いグレーの三つぞろいを無理なく着こなしつつ、落ち着きすぎている印象もない。すっきりした顔立ちの中、きれいな目は楽しそうに笑っていて、黒いミディアムヘアをラフにセットしている。

身上書には経営コンサルティング会社の名前があった。いわゆるサラリーマンと比べると、ヘアスタイルや着こなしにこなれた印象があるのはそのせいだろうか。

こんな人目を引く容姿の人をよく忘れていたものだと自分に感心してしまう。

「高塚さんも、形だけとお聞きだったんじゃないですか?」

「うん、そうなんだけどね。会ったあとで事情が変わって、早急に結婚する必要が出てきたんだ」

……おや?

愛想のいい笑顔からくり出されるにしては、引っかかる言葉じゃない?

「だれでもよかったってことですか?」

「え、まさか自分が選ばれたと思ってた?」

ん……。

思わずまじまじ見てしまった彼の顔には、相変わらず感じのいい微笑しか浮かんでいない。空耳だったかな、と疑いたくなる。

高塚さんは、軽く開いた長い脚に肘《ひじ》をつき、こちらをのぞきこんだ。

「だれでもよかったんだよ。そりゃ最低限の条件はあったけど。嫁として不足がなければ、そう、だれでもよかった」

「ずいぶん率直なんですね」

「ここで取りつくろったところで、あとあと苦労するのは自分だからね」

にこっと笑われると、責める気も失せる。この人、くせ者だ。

そこに彼のぶんの紅茶が運ばれてきた。彼はそれに儀礼的に口をつけると、来たばかりだというのに腰を上げた。

「出よう。今日は歩くつもりで来たんだ」

「歩く、とは?」

「昼食まだでしょ? 一緒に店を探そう」

「えっ、今からですか?」

こういうときって、予約とかしてあるものなんじゃないの?

ぽかんと見上げる私に、明るい声が降ってくる。

「上げ膳据え膳が当然のお嬢さまなのかな。やっぱり嫁には不足か」

「……行きます」

「根性だけは合格と」

失礼な人。

この場を去ることもできたのにそうしなかったのは、このあけすけな人に興味が出てきたのもあるし、その失礼さを補って余りある魅力を持っているように見えたからでもある。

白状すれば、ただの怖いもの見たさといえる。

私はバッグとコートを持って立ち上がった。


「なに食おうね」

「私、このへんまったくわからないんです」

「あ、そうなんだ？　俺、職場が近いから少しわかるよ。騒がしくないところだと、焼き肉、韓国料理、和食……イタリアンもある。どれがいい？」

テレビ局やイベントホールなどがある街を歩きながら、うーんと考えた。

食べたい度合いで言ったらどれも同じくらいだ。けれど今日は白いブラウスなのだ。汚してしまいそうなものは避けたい……。

「和食がいいです」

「了解」

高塚さんはにこっと笑い、路地を入った。

「あの、高塚さんは」

「久人でいいよ」

「久人さんは、お仕事はなにを？　経営コンサルタントをされているんですか？」

「コンサルもしてるし、自分で経営もしてる」

「身上書はシンプルでしたよね、一社しか書かれていなくて」

「いろいろやってるから、ああいうところに全部書くのめんどくさくて。資格とか細かく列挙されてると引くじゃない？」

「わからないでもないです」

一度、まったく脈絡のない資格を山のように取得している方がいて、なにに使うのかな、と首をひねったことがある。

十分ほど歩いたところで目的地に着いた。そこにお店があると知らなければ見落としてしまいそうな、控えめな店構え。看板はなく、白い行燈《あんどん》だけが戸口の前に置いてあり、白木の引き戸の前には踏み石がひとつ埋まっている。

ちょうど店主らしきおじさまが、藍染《あいぞめ》ののれんを手に引き戸から出てきた。久人さんに気づくと、うれしそうに顔をほころばせる。

「これは久人さま、ようこそいらっしゃいました」

「カウンター、あいてる？」

「もちろんですとも」

うなずき、のれんをかけずに店内に戻ろうとする。それを久人さんが手で制した。

「気にせず開けておいて。気楽な相手だし」

店主さんは頭を下げ、「恐れ入ります」とのれんを入り口に掲出した。

お店の中は歴史を感じさせつつ清潔な造りで、カウンターとテーブル席の奥に、小ぢんまりとしたお座敷もある。私たちはカウンターの中央に案内された。

「アレルギーとか、食べられないものは？」

「ありません。久人さんは？」

「嫌いなものはいくつかあるよ。わざわざ言わないから、おいおい覚えて」

その不遜《ふそん》さにあきれたのがばれたのか、彼がこちらをちらっと見る。

「それは、品定めの目つき？」

「そのお言葉、そっくりお返しします」

「けっこう気が強いんだ」

「無礼な方には、それなりの振る舞いをさせていただくだけです」

くくっと喉で笑う。完全に人をバカにしている。

私の五年上で、三十歳だったはず。三十代の男の人って、もっと寛容《かんよう》で、懐《ふところ》が深いものなんじゃないの？　こんな子どもっぽくていいの？

「そっちの釣書《つりがき》もスカスカだったじゃない、売りこむ気がないの見えてたよ」

「私は実際、書くことがなかったので」

「御園《みその》のお嬢さまでしょ？　華道なり茶道なり、免状くらい持ってるだろうに」

「ないです。ある程度たしなんではいますけど」

「わりと異端児なの？」

「そこまでは。でも自由に育ててもらったんだと思います」

時代とともにかつての栄華《えいが》は手放したとはいえ、御園家は名士録に親族のほとんどが載るような家系で、両親の亡きあとも私は祖父母のもとでそれなりの教育を受けた。

久人さんの言うとおり、世間一般では〝お嬢さま〟に分類されると思う。

だけど現代に生きるにあたって必要だという考えから、両親も祖父母も、私に〝普通〟を経験させようとしてくれた。

運動部に入ることも許され、中学高校と新体操部だった。幼いころから習っていたバレエも活かせたし、楽しかった。大学時代はいろいろなボランティアをした。古文書などの歴史資料の保存活動をする団体と、泊まりがけで離島に行ったりもした。祖母の時代であれば、御園家の女子にはとうてい許されなかったことだ。

目の前に前菜の小鉢が置かれた。

白和え、なます、黄味漬。

「わあ、きれい……」

「仕事は？」

「メーカーの開発機関で、秘書兼庶務のようなことをさせてもらっています」

「辞めてって言ったら辞められる？」

これにはむっとした。

口利きしてやるという親族を退け、就職活動をして自力で獲得した職だ。家とかつてとか関係なしに、私自身を欲しがってくれるところで働きたかった。

「辞めたいと思ったら辞めるでしょう。ですが辞めてと言われて辞めたくなるかはお約束できません」

なにがおかしいのか、またくすくす笑っている。失礼な人、ほんと失礼な人。

「久人さんは、なにがお好きですか」

「今は仕事。学生時代はモトクロスにハマってた」

「モトクロス……」

「ダートコースを、バイクで走るレース」

「じゃあ今も、お休みの日はバイクに乗ったり？」

「休みなんてないなあ。とりあえず時間があれば仕事してるよ」

「……休んでくださいと言ったら、休んでくださいます？」

頬杖をついた顔が、ぱっとこちらを見た。軽い驚きに見開かれていた目が、やがて楽しげに笑う。

「ね、結婚しようよ、俺たち」

「は……」

「うまくいくかなんてわからないけどさ、どんな相手だろうが、そんなのわからないじゃない？」

無責任な言葉。だけど私の心には、不思議とすとんと収まって、とても現実的なものに感じられた。

私もそう思います。

会ったばかりだろうが十年のつきあいだろうが、結婚してうまくいくかなんて、だれにもわからない。言い換えれば、すべては本人たち次第。

「あ、もっとあれこれ試してから決めたい？　それでもいいけど」

片手で頭を支えるようにして、顔を寄せてくる。少し考え、意味を察した私は、不本意ながら赤くなった。

「そんなこと、考えてません」

「はじめに言ったように、この結婚は急ぎたいんだ。気の済むまで試してくれていいけど、あまり時間をかけすぎないでね。でも試したところで、意味はないと思う。満足するに決まってるから」

すごい自信……。

「ご自身が私に不満を持つかもしれないとは、考えないんですか？」

「女の子は、される側だからなあ。開発するのも男の役目じゃない？」

「なんのお話ですか」

「夫婦の相性の話だよ。自分で聞いたんでしょ」

「もっと包括《ほうかつ》的な、暮らしの部分についてお聞きしたんです！」

真っ赤になった私を「あ、そうなんだ？」としらばっくれてからかう。

もう、なんなのこの人。無礼で勝手で人が悪くて、なのにどうしてか憎めない。この腹立たしいほどの正直さは、いっそ清々しくて、なぜか不快じゃない。

「どう、結婚してくれる？」

久人さんが右手を差し出した。

私はちょっと考え、同じように右手を出す。彼がその手を取った。

「よろしく。楽しく過ごそうね」

「はい、よろしくお願いします」

私たちはカウンターテーブルの上で握手をした。乾いていて温かい、久人さんの手。

「俺、けっこう幸せにすると思うよ」

「私も、幸せになると思います」

「してもらわなくてけっこうですって意味?」

「与え甲斐がありますよって意味です」

お互い、探るように相手の目をのぞきこんでから、噴き出してしまった。

彼の整った顔に、無邪気な笑顔が浮かぶ。

うん、決めた。

私はこの人と結婚する。

そして幸せになる。

「遅ればせながら、高塚の御曹司について調べてみたわけよ」

「さすが千晴さん、疑り深い」

「出身校……は知ってるわよね。家は旧財閥系に属する名家。父親は財閥解体後にグループ内で最も力を持っている商社の代表取締役社長。まあ御園家の息女との婚姻は、向こうの家もうれしいんじゃないかしら」

「ふうん」

「コンサルとしての実績は確か。経営してるコンサルティング会社の顧客は、中、小規模ながらも経営状況のいい優良企業ばかりよ」

「ふうん」

「性格は、明朗快活という評価と傲岸《ごうがん》不遜という評価で真っぷたつ」

そのへんは二度目に会って十五分で感じたとおりだ。

やっぱり、時間をかければ多くを知ることができるわけじゃない。短時間で得たものが核心をついている場合だってある。

「ここからが大事よ。女遍歴がたいそう華やか。一度若手の女優から結婚を迫られるくらいの関係になっていたのを素知らぬふりで捨てたとか、なかなかの噂もある」

「ふうん……」

「どう？」

千晴さんが私のマンションの部屋で、手を腰にあてた。

ここは私のような社会人三年目のぺーぺーが暮らすには贅沢な、広いダイニングキッチンを備えた1DKだ。都心からは少しはずれた場所にあるとはいえ、複数の路線にアクセスがよく、普通に借りたら私の収入ではとうてい手が届かない。

じゃあなぜ住んでいるのかというと、マンションのオーナーが親族だからだ。格安、というより無料同然で貸してくれた。

大学時代まで、私は生家で父方の祖父母、つまり千晴さんの実の両親と暮らしていた。社会人になるにあたって、ひとり暮らしをしようと考えたのだけれど、心配性の祖父母が『危ないからダメ』の一点張りだった。

最終的に、実家を出ることについてはなんとか説得したものの、自分で部屋を探すのだけは認めてもらえず、そこはあきらめた。

「どうって？」

「私には、生涯ひとりの妻だけを愛し抜くような男には思えないんだけどね」

「成功した男の人は、えてしてそう見られがちだよね」

「一般論化してぼかすんじゃないの。あんたの婚約者さまの話をしているの」

私はダイニングを片づけながら、「大丈夫だと思う」と伝えた。

結納はもう目の前だ。千晴さんの憂慮《ゆうりょ》もピークに達しているに違いない。

「どうしてそう言えるの」

「久人さんの愛情が足りないと思ったら、もっとかわいがってくださいってはっきり言うし、それでもダメなら離婚する」

「あのね」

「でもそんなことにはならないと思うの。あの人は、言えば返してくれる人だと思う。言わない限りは好き放題するっていうだけで」

「なめられたら終わりよ？」

「そんなに心配しなくて平気だったら。結納の席には千晴さんもいるでしょ？　そこでお話ししてみて。おもしろい人だよ。あっ、もう出なきゃ」

「行ってらっしゃい。戸締まりしておくわ」

「ありがと」

千晴さんの住まいはすぐ近くだ。料理上手な彼女は、おかずを持ってきてくれたり外食に誘い出してくれたり、忙しい中でなにくれと私を気にしてくれる。

気が気じゃない、と顔に書いてあるような千晴さんに見送られ、玄関を出た。

久人さんとの再会から三カ月あまり。

春が近づく陽気の中、柔らかな日差しを浴びながら駅まで走った。


「桃、こっち」

待ちあわせた駅前のカフェで、息を切らしてきょろきょろする私を、奥の席から久人さんが呼んだ。仕事帰りの彼は、日曜日というのにスーツ姿だ。

「ごめんなさい！　忙しいのに、お待たせして……」

「いいよ、電車大丈夫だった？」

「それがもう、三十分近く閉じこめられてしまって」

乗っていた電車が、信号機の故障で緊急停止して、なかなか復旧しなかったのだ。立ちっぱなしで足も痛いし、車内の空気もどんどん悪くなるしでくたくただ。だけど早めに出てきたおかげで、待たせたのは十五分ほどで済んだはず。

久人さんと会うようになって驚いた。多忙な人というのは、前の予定が押したり急な用事が入ったりして、待ちあわせの時刻に現れることなんてないとばかり思っていたのに、逆だった。

多忙だからこそ、ひとつがずれたらあとに響く。各々の用事を時間厳守でこなしていくのが一番効率がいいらしい。

私との待ちあわせに、アクシデント以外の理由で彼が遅れたことはない。

「そうだと思って、プランナーさんとの打ちあわせ、一時間ずらしてもらった。ちょっとここでひと息ついてこ。ケーキでも食べなよ」

ふうふうと息を弾ませて、籐《とう》の椅子に腰を下ろした私に、彼がメニューを差し出す。受け取ったとき、目が合った。

「あ、腹いっぱい？」

「いえ、じつはぺこぺこで」

「俺も今日は頭を使ったから、糖分補給したい」

「でしたら先に……」

ひとつしかないメニューを返そうとしたところ、にこっと笑って首を振られる。

「桃と同じのを頼むから、さっさと決めて」

「ええ！」

「早くして」

優雅に脚を組んでふんぞり返ってらっしゃる。私は気が急いて、どれなら彼も喜ぶだろうと懸命にデザートメニューのページを手繰《たぐ》った。

ケーキ、パフェ、アイス……と目で追いながら、ふふっと笑ってしまう。

ねえ千晴さん。

幸せな予感しかないと思わない？

「お式のあと、披露宴会場まではタクシーでご移動となります。列席者のみなさまにスムーズに乗車いただくために、各車にお乗りになる方をお決めいただけますか？」

「なるほど、はい」

プランナーさんの差し出した配車のための表を見て、久人さんはすぐ胸ポケットからペンを出し、私に渡した。

「桃、この場で全部決められる？」

「はい」

「俺はちょっとデリケートなところがあるから、持ち帰りたい。先に決めて」

私はほどよく持ち重りのする、けれどびっくりするほど書きやすい彼のペンを借りて、参列者を最大三名のグループに分けはじめた。

しきたりというほどでもないのだけれど、代々続く慣習から、結婚式は迷う余地なく神前式だ。悩ましかったのは、御園家と高塚家、双方にそれぞれ懇意《こんい》の神社があり、どちらで挙げるかということだった。

これはもう私たちが決めることではない。叔父に仲介してもらい、両家で話しあって、より直近に挙式のなかった御園家側の神社で挙げることになった。

神前だと、式場と提携したブライダルプランニング会社がない。多忙な久人さんとすべてを準備するのは難しく、けれどなにもかもを親族任せにするのもつまらない。

というわけで久人さんの人脈を伝って、フリーランスのプランナーさんにこうしてお願いしている。打ちあわせには毎回、どこかの喫茶店や時間貸しのスペースなどを使う。これが気分が変わって楽しい。

今日の会場は、静かでレトロな喫茶店の片隅だ。

「あの、ひとりだけという車があってもいいですか？」

「もちろんです」

「〝千晴さん〟？　お祖父さまたちと一緒にしてあげないの」

私の手元をのぞきこんで、久人さんが不思議そうに言う。

「千晴さん、きっと泣いちゃうと思うから。ゆっくりメイクもお直ししたいだろうし、ひとりになりたいタイミングだと思うんです」

当日、彼女がだれかと一緒に乗りたくなったら、あいた車は小さな子がいる家族などに譲って、ゆったり二台使ってもらえばいい。

久人さんが「なるほどね」と微笑む。

「結納で久人さんと会えるのを楽しみにしてるんです。タイミングがあったら、お話ししてあげてくださいね」

「その〝楽しみ〟の意味が気になるなあ。桃の保護者代わりの方なんでしょ？」

「はい。彼氏ができたら連れてこいってずっと言われていたんですけど、実現できなかったので、いよいよだって気合いが入ってるみたいで」

「怖すぎるよ。まあ、受けて立つけどね」

肩をすくめて小さく息をつく様は、実際そこそこ怖がっているようでもある。私は彼のこういう人間らしい姿を見るのが好きだ。

もちろん、いつものソフトに尊大な態度も好きだけれど。

「次回はドレス選びですね、ショップのほうから、楽しみにお待ちしておりますと連絡がございました」

配車リストを確認しながら、プランナーさんが笑いかける。私は隣を振り返った。

「あの、久人さんもご一緒できます？」

「ん？　そりゃ行くよ。桃のドレス、選びたいもん」

「でも、忙しいのに……」

「またそれ？」

ソファのアームレストに肘を置いて、久人さんがあきれ声を出す。

「俺が忙しいのは、やりたいことをひとつも我慢しないからだよ。行きたいとこに行けなくて、代わりにちょっとひまができたところで、それがなんなの」

腕がこちらに伸ばされる。長い指が、私の頭をくしゃくしゃとなでた。

「どうせ桃なんか、ひとりで行ったところで最後の二着あたりで絞りきれなくて、俺に電話するはめになるよ」

「お言葉ですが、私はこう見えて、そう優柔不断でもないですからね」

「見えてる自覚はあるんだ」

目を細め、愉快そうに笑う。

式も披露宴も家の慣習的に和装なのはわかっていたのだけれど、私はどうしても、ウェディングドレスというものを着てみたかった。あるときプランナーさんとの打ちあわせ中に、ぽろっとそんな願望を口にしたら、久人さんは驚き、『早く言いなよ。じゃあ着よう』と言ってくれたのだった。

『でも、どのタイミングで……』

『写真だけ撮るとか。いくらでもやりかたはあるよ、ですよね？』

『ええ、そのお写真を披露宴会場の入り口に飾るのはいかがですか？』

子どもじみた夢は、笑われることはなかった。

写真だけといっても、ドレスを選んだり試着したり、一日で済むわけがないことくらい知っているだろうに。平日にはとうてい会う時間を確保できないほど忙しいのに。

結婚すると決めてから、新居を探したり、結納や式の準備をしたり、顔合わせの段取りを考えたり、それなりにすることが多くて慌ただしい。だけど久人さんは面倒くさそうな顔ひとつせず、そのすべてに時間を割いてくれて、私に希望があれば『やったらいいじゃん』と言う。

それは『好きにすれば？』という突き放した寛容さではなく、『やりたいことがあるなら一緒にやろうよ』なのだとじきにわかった。

そのくらいで〝優しい人〟と考えるほど私も単純ではないけれど。

一生に一度のイベントだからと気前がよくなっているだけかもしれないし。

けれど感じる。

彼と暮らす日々は、きっと明るくて楽しい。

そう思えることが、すごくうれしいんです、久人さん。

喫茶店を出て、プランナーさんと別れたところで私の携帯が震えた。

「あっ、叔父さまからメールです」

「結婚関係の話？　なんて？」

「結納の際の、婚約記念品は用意したのかと」

「あー……」

私たちは顔を見あわせた。

忘れていた。いや正確には、なににしようか決めあぐねて、後回しになっていた。

久人さんがうーんと腕を組んで悩む。

「普通は指輪なんだよね？　でも桃は、指輪じゃないものがいいんだよね？」

「すぐに結婚指輪をすることを考えたら、あまりつける機会がないものをいただくのも、さみしいなと思って……」

「そういえば俺、この間カタログを見てて、桃によさそうなのを見つけたんだよ。重ねづけっていうの？　結婚指輪とこう、一緒につけられる婚約指輪」

「そんなものがあるんですか？」

婚約指輪といったら、立体的な台座にごつんとダイヤが載ったものしかイメージがなかった。

「あるみたい。俺もよくわからないんだけど」

なになにつけてもセンスがよく、造詣《ぞうけい》も深い久人さんでも、ブライダルリングに関する知識はさすがにないのか、自信なさそうに首をひねる。

「カタログ、見てたんですか」

「そりゃ見るよ、人への贈り物は、真剣に探すのが楽しいんでしょ」

「今から、お店に行って探すお時間、ありますか？」

太陽は西に傾き、空には夕暮れの兆しが見えかけている。

久人さんは私のわがままに、ちょっと驚いた顔をしてから、にこっと笑った。

「いいよ。七時までなら時間ある」

「ありがとうございます」

プランナーさんがくれたさまざまなカタログの中に、ジュエリーショップのものがあった。その店舗のひとつが、ここからすぐだ。

久人さんと私は、日本有数の繁華街の石畳を並んで歩いた。

「結納の準備、あまりお役に立てなくて気になってるんです」

「いいんだよあんなの。式の準備も始まってるのに今さら結納とか、形式以外の何物でもないんだから、やりたい人たちに任せておくのがベスト」

ほとんどを叔父と久人さんのご両親に決めてもらっている。本人たちは楽しそうではあるのだけれど、心苦しくもある。

「両家のイベントなんだし、これも正しい形でしょ」

「そうですね……」

考えてみたら、親族の序列やあいさつの順番など、配慮すべきしきたりが多すぎて、私に手を出せるものでもない。私は結納の場を想像し、ふーっと息を吐いた。

「いよいよだと思うと緊張します」

「なんで、もう俺の両親にも会ってるじゃない」

「それでも緊張します」

当日は口上もあるし、段取りも間違えられない。今からドキドキしてきた。

思わず胸のあたりを押さえた私の肩を、久人さんが親しげに抱き寄せた。

「しっかりしなよ。結納では俺、桃の隣にいてあげられないんだよ」

「そっか……がんばります」

「正面で桃がガチガチになってたら、俺、笑っちゃうからさあ、普通にしててよ」

この人なら、本当に遠慮なく笑いそう。

肩に置かれた腕の重さに、そわそわと落ち着かない気持ちになりながら、「がんばります」ともう一度言った。

＊＊＊

「本日はお日柄もよろしく、高塚家ご子息久人さま、御園桃子のご良縁が相整いましたことを心よりお祝い申し上げ、仲立ちを務めさせていただきます」

仲人である叔父の邸宅で、結納の儀は始まった。

私はどうやら、緊張とは縁遠い心境を保てそうでほっとしていた。なぜかというと正面に座る久人さんの、紋付き袴《はかま》姿が最高に美しく、凛々《りり》しいからだ。

ご両親に続いて彼が玄関の戸をくぐったとき、出迎えていた面々がはっと息をのんだのがわかった。

幼いころから和服に触れる機会が多かった私は、ことさら日本文化に傾倒してはいないものの、その匂い立つような美は、ドレスのきらびやかさとはまた違い、独特に心に響くと感じてきた。

要するに、和装が様になる人はかっこいい。

袂《たもと》や裾のさばきや歩きかたから、久人さんが着慣れていることがわかる。スーツ姿も人目を引くけれど、袴姿はもう、いるだけで空気が変わるほど。

財界に名を馳《は》せる高塚の子息なのだと、彼自身に刻印されているみたいだった。

厳かに結納品の交換が行われ、記念品の交換となった。久人さんのお父さまが、私のところへ、片木にのせた記念品を持ってきてくださる。

「どうぞ、よろしくお願い申し上げます」

テレビや新聞でも拝見する顔が、にこりと微笑む。すてきだけれど、久人さんにはあまり似ていないな、とはじめてお会いしたときにも思った。

「久人」

小さな箱を私が受け取ると、お父さまが久人さんを振り返った。ちょっとぼんやりしていたらしい久人さんは、一瞬きょとんとしてから、用向きを察したらしく、一礼して立ち上がった。

お父さまと入れ替わりに私の前に膝をつき、箱から指輪を出す。それから私と目を合わせ、彼らしい、いたずらっぽい微笑みを浮かべた。

左手の薬指に通してくれた指輪は、プラチナに小粒のダイヤが並んでいる、普段つけていても邪魔にならないデザイン。S字の美しいカーブは、三カ月後にもらうマリッジリングとぴったり重なる予定だ。

「きれいです。ずっとつけます」

祖父母にお披露目するのも忘れ、左手を目の前にかざしてはしゃぐ私に、久人さんはうれしそうに「似合うよ」と笑った。

「あとその振袖も。古典的な柄ですごくいい。かわいい」

「母のなんです」

「じゃあ、大事にとっておいて、次の代に引き継がなきゃね」

今日はじめて会話した私たちは、つい場を忘れておしゃべりしてしまい、「儀式が終わるまでよけいなことをしゃべらないように」と双方の家族から叱られた。

いよいよ式も終わるというとき、おもむろに袴と袂を整え、久人さんが口を開いた。

「本日は、このような場を設けていただき、ありがとうございます」

決して張っていないのに、よく通る声。その声が、まだ続きがありそうなところで止まったので、みんながあれっという顔をする。

視線を浴びた久人さんは、軽く咳払いをし、「失礼しました、緊張しています」とはにかんだ。その様子は微笑ましく、場を和ませた。

「僕は、ありがたいことに個人でも商売の真似事をさせてもらっており、失敗もしましたしそれなりに敵もいます。ですが約束したことは、必ず実行してきたつもりです」

再び話しはじめたときには、朗らかで落ち着いた声に戻っていた。

「それは僕の矜持《きょうじ》でもあります。今日も、この場にいるみなさまに約束させていただきます」

ぴっと姿勢を正し、私の側の参列者に、まっすぐな微笑みを向ける。

「桃子さんをいただける光栄を決して忘れず、大切にします」

彼の視線は、仲人である叔父から私の祖父母をたどり、私に行き着いた。その目が一瞬だけ優しく細められ、それから言葉の重みにつられるように伏せられる。

「一生涯」

私はそのあと、自分の番になにを言ったのか覚えていない。

三カ月後、準備期間半年の結婚式がつつがなく執り行われ、私と久人さんは夫婦になった。

＊＊＊

「で、いつまでこのマンションにいるの」

結婚式の翌日、私の部屋を訪れた千晴さんが、じろじろと視線を浴びせる。

「少なくともあと一カ月……」

新居にと購入したマンションの完成が遅れ、引っ越す予定が狂ってしまったのだ。当然ながら久人さんも、これまで住んでいたところにひとりで暮らしている。

つまり生活としては、結婚前とまったく変わらない。

千晴さんはキッチンで洗い物をする私の隣に立ち、疑わしそうに眉をひそめた。

「ちゃんとデートとかしてるの？」

「久人さん、忙しいから……」

「出た！」

「でも、この間まで結婚式の準備で、しょっちゅう顔を合わせてたんだし」

少し会えないくらい、そうさみしくもない。

「今度、ごはん行こうねって約束してくれてるし」

結納からこっち、どんな場に出ても立派だった久人さんを認めざるを得ない千晴さんは、複雑な心境を隠しもせず、チッと舌打ちした。

う扱いを受けたら帰ってきなさいよ！　家庭内のモラハラは外から見えにくいんだから。あんたが毅然《きぜん》としてなきゃダメよ」

「お前の作るメシは食えたもんじゃないとか、洗濯物の畳みかたが違うとか、そう

「大丈夫だって」

「邪険にされたら言いなさいよ」

「大丈夫だってば」

「私、慎吾からあんたのこと預かってるのよ、苦労させたくないのよ～」

ついに私をぎゅっと抱きしめて泣き出す。

「新しい家にも、遊びに来てね」

「行く！　もう通う！」

さみしいよー、と泣く千晴さんをなだめながら、両親が健在だったら、この倍の騒々しさで見送られたのかなあ、なんて想像した。

さて。

私には結婚が決まった半年前から、粛々と進めていた自分的プロジェクトがある。

転職だ。

前述した理由で住居を選べなかった私は、郊外にある職場への通勤に片道二時間弱

を費やしていた。そして久人さんの勤務先を考慮すれば、新居もこれまで以上に職場に近づかないことはわかっていた。

職場を変えよう。

これまでは自分だけの生活だったから、往復三時間半を毎日電車の中で過ごすことも苦じゃなかった。けれどこれからは、きっと久人さんとの時間を大事にしたくなる。

というわけで職場には早めに退職の意を伝え、結婚準備のかたわら転職エージェンシーのいくつかに登録し、場所、条件ともに理想の転職先を探していた。

そして見つかったのだ！


千晴さんに泣かれた翌朝、初出勤となる私は、感じよく見えそうなベージュピンクのスーツに身を包み、目指すビルに向かって真夏の都心を歩いていた。

前の職場は、不便な立地の代わりに通勤ラッシュとも無縁だった。新職場はまったく違う。さすが都心の通勤時間帯、電車の中も駅も駅を出てからも、一心不乱に目的地を目指す人たちであふれ返っている。

生命保険会社の名前がついたビルの、オフィスフロアのひとつに新しい勤め先である会社が入っている。ドキドキしながらエレベーターを降り、正面のガラス戸に会社のロゴが書いてあるのを確認してから中に入った。

「御園さん、お待ちしていました」

「あっ、おはようございます。どうぞよろしくお願いいたします」

無人の受付で、内線表を見て人事担当の方に電話しようとしたところ、かけるより先に本人がやってきた。

次原《つぐはら》さんという、私より少し上の世代の男性だ。身ぎれいでシュッとしたスタイルに、眼鏡の奥の人懐こい笑顔が印象的。

「ちょうどアドバイザーが出社されたところです。このままごあいさつに行っちゃいましょうか」

「えっ、は、はい」

アドバイザーというのは、私が隔日で秘書を務めることになっている方だ。秘書業務のない日は、会社の庶務業務を行う。

近代的なデザインの商談ブースを、オフィスのありそうなほうとは逆に進むと、がらりと雰囲気の違う廊下に入る。木の壁材の、いかにも重役スペースという空間だ。

奥の左手のドアを次原さんがノックし、開けた。

「新しい秘書さんがいらっしゃいましたよ」

彼のうしろについて、部屋に入る。予想したほどだだっ広くなく、使い勝手のよさそうな応接セットが置かれた、シンプルな役員室だった。

一面ガラス張りの窓を背にデスクに向かっていた男性が、コーヒーカップを口に運びながら顔を上げる。そして私と目が合った瞬間、盛大に中身を噴き出した。

私も「ひぇっ!?」と変な声が出た。

久人さんだった。

そういう関係

「ちょっ……、なにやってるんですか高塚さん、拭くものお持ちします！」

「いや、いい、あるから。ちょっと……次原、はずして。あとで呼ぶ」

ハンカチで口を押さえて咳きこむ久人さんに、怪訝《けげん》そうな顔をしつつも、次原さんは「承知しました」と出ていった。

パタン、とドアが閉まるやいなや、私はデスクに駆け寄った。久人さんが立ち上がって迎えてくれるものの、その様子は見たこともないほど落ち着きがない。

「ねえ、桃こそなにやってるの、なんでここにいるの？」

「ご、ごめんなさい、私もなにがなんだか」

「仕事は？」

「前のところは先月で辞めたんです。今日からこちらで雇っていただくことに」

「転職したってこと？」

彼が目を丸くして尋ねた。

「はい」

「言って！　びっくりするから、そういうのちゃんと言って！」

はい、すみません！

でも、給与も少しだけど上がるし、通勤時間は短くなるし、久人さんのメインの職場とも近くなる。

「だからご迷惑もおかけしませんし、私の職場なんて、その、あまり話題にのぼったこともないですし、いずれご報告すればいいかと思って……」

久人さんの顔が当惑にゆがむ。

「俺だって、奥さんの勤め先くらい、いつも頭の片隅にあるよ」

申し訳なくなってしまった。言わなかったことだけじゃなく、久人さんのそういう優しさに、思いが至らなかった自分がだ。

「はい……」

「迷惑とかそういう話じゃなくて、桃の情報のアップデートでしょ、すぐに共有して」

「はい」

久人さんが、ふーっと気を落ち着かせるように、腰に手をあてて息を吐いた。

引きしまった身体を包んでいるのは、涼しげなストライプの入った、チャコールグレーのスラックスと、そろいのベストだ。

「一緒に仕立てたスーツですね」

「ん？　うん、すごい気に入ってる。ありがとね」

婚約記念品として、私から彼に贈ったものだ。私が指輪をもらうことに決まったあと、ひとしきり悩んだ彼が『スーツが欲しい』と思いついたのだ。フルオーダーなので、結納までには仕上がりが間に合わず、あの場では目録を渡した。

「すてきです」

「ついついスリーシーズン着られるものに金かけちゃいがちなんだけどさ、夏物でひとつ勝負着があると、やっぱり上がるね」

「男の人でも、そういうのあるんですね」

「あるよー、俺の場合スーツだけじゃなくて、靴とネクタイにもあるよ」

「ベルトは?」

「三本を使い回してるだけだから、適当」

あはは、と笑ってから、お互い、はっと状況を思い出した。

「あの、この会社は……」

「俺、自分でやってる会社のほかにも、いくつか面倒見てるとこあってさ。このファームもそのひとつ。今一番力を入れてるんだ。だから秘書が欲しかった」

「そうでしたか」

「ごめん、俺も自分の勤め先、ちゃんと全部教えるね。名前貸してるだけのとことか合わせるとほんといっぱいあるから、つい無精《ぶしょう》してた」

ということは、最近の久人さんは週の半分ほどを、このオフィスで過ごしていたのか。グレーと黒を基調とした、シックな役員室。彼のイメージにぴったりだ。

「あの……久人さん」

「うん？」

おそるおそる切り出すと、彼が不思議そうに首をかしげる。

「やっぱり私が秘書ではやりづらいでしょう。クビにしていただいてけっこうです。でもあの、差し支えなければ、次の職が見つかるまでは置いていただけませんか」

久人さんは目を見開いて、黙ってしまった。

「うう……すみません。図々しいのは承知ですが、給与と職歴に望まないブランクができるのは避けたいんです。

「ねえ桃」

じっと私に視線を注いで、久人さんが呼びかけた。

「はい」

「どうしてこの会社を選んだの？」

「それは、あの、場所や労働条件がぴったりだったので」

「桃は若いし、秘書業務の経験者だ。ほかにもいっぱい募集かけてる企業、あったはずだよ。今までいたところに近い業態だって探せたでしょ」

私は、「あの」と口ごもって、両手で提げたバッグの柄をいじった。

「じつは、最初から経営コンサルティング系の会社を探していたんです。その、せっかく転職するなら、久人さんの専門分野と近いところで働いたら、どんなお仕事をされているのかとか、ご苦労とかも、少しはわかるかと思って」

結果、近いところに行きすぎてこうなったわけなんだけれども。

そもそもの発想も、いかにも社会を知らない小娘の浅知恵という気がして、恥ずかしさに顔が赤くなった。

うつむいた私の上に、ため息が降ってくる。

「桃は、バカだねぇ」

「すみません、すぐ次原さんに事情をご説明して、契約を……」

続きが出てこなくなってしまった。温かな手が、頭にのせられたからだ。

おずおずと上げた視線の先には、ちょっと困っているような、優しい笑顔。

ぽんぽん、と何度か私の頭を叩くと、久人さんはデスクの向こうに戻り、卓上からペンを拾い上げ、それで部屋の隅を指した。

「そこの続き部屋が秘書のスペース。ＰＣはセットアップしてあるから、すぐに中身を確認して、社内のアカウントを作って」

「え、は、はい」

「俺がここに出社するのは原則、月、水、金の週三日。会社の始業は九時半。俺は八時には自分の仕事を始めたい。桃の出社時刻に規則はないけど、俺が出社したらすぐに仕事に取りかかれるようにしておいてほしい」

「はい……」

「基本的には、ここにいるとき以外、俺は桃を秘書として使わない約束になってる。でも必ずそれを守れるとも限らない。例外的なアポなんかもあるからね。そのときは臨機応変に動いて。困ったら次原にすぐ相談して」

「はい」

窓を背にして立った久人さんが、片手をポケットに入れ、にやっと笑んだ。

「俺は忙しいよ。きっと桃がこれまで感じてた以上に。全力で助けてね」

高揚に、自然と背筋が伸びて、私はバッグの柄を握りしめた。

「はい！」

こうして私は、一緒に暮らすより先に、久人さんと働くことになったのだった。

＊　＊　＊

「奥方さまなら、それらしくですね」

やきを聞いていた。

「変な呼びかたしないでください……」

久人さんの執務室で、過去二年分の書類を日付順に並べながら、私は次原さんのぼやきを聞いていた。

知的な眉間にしわを寄せて、彼がふーっと乾いた息を吐く。

「入籍しているのであれば、もう高塚さんでしょう、履歴書は」

「通名でいいですかって、最初にお聞きしたじゃないですか……」

「夫婦そろって、僕の心労を増やすためにドッキリ大作戦ですか？」

「久人さんがここにお勤めだなんて、私も知らなかったんです！」

新しい会社に勤めはじめて一週間。私はそれなりに忙しくしていた。

整理していた書類の束の中から、四年前の日付のものが出てくる。なかなか手強い。

役員室の壁一面を埋め尽くす黒いバインダーたちは、一見整然と管理されているように見え、じつはそうでもなかった。片づけられてはいたけれど、整理されてはいなかったのだ。こんな整ったオフィスじゃ、仕事なんてそんなにないのかもと思っていた私は、そうでもないことを知り、安心した。

バインダーは重量があり、高い場所にも収納されている。そのことに気づいた次原さんが、たまにこうして手を貸しに来てくれる。

「桃、今日は帰っていいよ」

そこに、オフィスのほうで打ちあわせをしていた久人さんが戻ってきた。

「その代わりイレギュラーだけど明日、朝からの外出につきあって」

「はい」

「次原、桃をいじめたらお前を飛ばすからね」

「できるものならどうぞ。この会社の人事権なんて持ってないでしょ」

ふん、とすれ違いざま、ふたりが冷ややかな視線を交わしあう。

聞いたところによれば同じ大学の先輩後輩で、こういう気安い関係らしい。

「だから僕の言ったとおり、友人関係を集めた結婚披露パーティを開くべきだったんですよ。それがあれば、こんな仰天人事にはならなかったのに」

「目が回るほど忙しかったの、お前だって知ってるだろ」

デスクを回りこむと、久人さんはどさっと椅子に身を投げ出した。

私たちの結婚式は、贅を凝らしたものではあったものの、非常に少人数だった。お互い近しい親族のみで、高塚家のほうは〝長老会〟と呼ばれる、一族の実力者が名を連ねる親族会の会員だけが参列していた。それがしきたりなんだそうだ。

私の立場はまさに〝顔見世〟といったところだった。

「では、お先に失礼します」

私は時系列も内容もばらばらに綴じられていた書類を、ざっと並べ直してバインダーに戻した。作業を再開するときの目印に付箋《ふせん》をつけ、壁のキャビネットに収める。

それから帰り支度を始めた。久人さんが帰れと言うときは、本当に帰ってほしいときだ。そのぶん、明日フルパフォーマンスでよろしくね、という意味。

「うん、お疲れさま」

「明日は、どんなお役目でしょうか」

「うちの力を借りたいって企業がいてね。そこの役員さんと、顔合わせがてらヒアリング。長いつきあいになると思うから、桃も顔を売って、今後のやりとりの窓口になれるようにしてほしい」

「わかりました」

会社概要などをもらうだろうから、今後も見据えたファイリングをしよう。あれこれ細かな段取りを考えながら、手帳や携帯をバッグに入れる。

次原さんがデスクのほうへ行き、持っていたファイルを久人さんの前に置いた。

「今日面接したキャリア採用の結果です。悪くないですよ」

「ほんと。何人採れそう？」

「ふたりですね。ひとりは人材会社の大手で、エグゼクティブ相手のリクルーティングをしていたという、この方です」

久人さんがファイルを開き、中身に視線を走らせながら「いいね」とうなずく。

「すぐ本人たちに結果を戻して。競合と迷ってるようなら、その競合の話もしっかり聞いておいてね」

「承知しました」

返されたファイルをこめかみにあてて敬礼し、次原さんは部屋を出ていった。

この会社にはさまざまな相談が持ちこまれる。専門として看板を掲げているのは人材・経営・戦略系のコンサルティングなので、主にはそういった内容が多い。相談内容や先方の希望によって、対応もいろいろだ。ソリューションの提供をしたり、望まれれば経営者などの人材も紹介したり、調査だけの協力ということもある。

基本的には案件ごとに社内でプロジェクトチームが組まれる。それを二百名足らずの社員で対応しているのだから、どれだけ少数精鋭なの、と驚いた。

「んー、まずは予定してた面子《メンツ》でチームを作って、どんな協力ができそうか検討だな。新しく入ってくる人、できそうならそこに入れたい。どう？」

翌日のヒアリングの帰り、相手先の会社を出るなり久人さんは次原さんに電話をかけ、聞いた内容、これからのプラン、相談ごとなどを手早く伝えた。

「うん、詳細はメールする。よろしく」

駅に着く前に通話を終わらせ、携帯を胸ポケットにしまう。

このスピード感で動いている人なら、そりゃ忙しいだろうとあらためて感じた。

駅に入るのかと思いきや、「じゃあ」と久人さんはタクシーの停まっているロータリーへ足を向ける。

「帰社されるんじゃないんですか？」

「今後のことを相談しに、キャリアのほうへ行ってくる。そのまま別の会社に出勤するから、今の件のフォローが終わったら、桃は庶務に戻っていいよ。同行ありがと、じゃあね」

にこっと笑って手を振ると、タクシーに乗りこんで行ってしまう。

〝キャリア〟というのは人材を専門にしている関連会社だ。久人さんの今日のスケジュールに、そこに行く予定はなかったはず。先ほどの相談を受け、なにかひらめいたんだろう。ここまで目まぐるしい生活をしていたのか。

忙しいだけじゃなく、流動的すぎて、フォーマットが見当たらない感じだ。

これは気を引きしめてかからないと、置いていかれるぞ。

危機感に身を洗われるような思いで、駅に入った。

「というわけで気持ちはね、緊褌《きんこん》一番！」

「緊褌ってふんどしを締めるってことよ。女の子がそんな言葉、人前で使わないでちょうだい」

意気揚々と宣言した私に、千晴さんがげんなりした顔で釘を刺した。私は彼女が見守る中、フライパンの中身の味見をし、塩コショウをする。

「四字熟語なんだから、いいでしょ」

「あ、もうそのくらいでいいわよ、火止めて」

できた。夏野菜とチキンの煮込み。

ズッキーニ、パプリカ、トマト。食欲をそそる色合いにシンプルな味つけ。きっと久人さんも好きだろう。知らないけど、たぶん。

味見をした千晴さんが「うん、おいしい」と納得の声をあげる。

「ほんと？」

「桃子は謙虚だから、やればどんどんうまくなるよ。料理のできない人は、たいてい性格が謙虚じゃないのよね。できないくせに、レシピや定石を軽視するの」

「がんばる」

私は料理の経験があまりない。実家では祖母が食事の支度をしたし、ひとり暮らしをしてからは千晴さんが面倒を見てくれていたからだ。

結婚が決まったとき、教室に通おうかとも思った。だけどせっかく近くに家事万能の千晴さんという先生がいるのだから、彼女に教わることにした。

「新しい職場も楽しんでいるみたいね、よかった。お母さんたちにも無事だって伝えておくわ」

「引っ越ししたら招待するね。ディナーのできるテーブルウェアのセットを注文してあるの。使うのが楽しみ」

「あんたはそれよりも、夫婦業をがんばりなさい」

早くもビールの用意をしている千晴さんに、夫婦業ってなんだろう、と思いつつも、私は「はい」と素直に返事をした。

日々これ好日。

新鮮でやりがいがあって、楽しい。

ローマは一日にしては成らないのだ。とにかくがんばろう。

「なんでもやります！」

「おっ、その意気」

キッチンで立ったまま、ビアグラスをぶつけあって乾杯した。

＊　＊　＊

「桃って文学部？」

「はい」

執務室のデスクでPCを叩きながら、久人さんが「やっぱり」とつぶやく。

「やっぱりってなんですか」

「よく文庫本を読んでるし、言うことが文学少女っぽいじゃない」

「文学部じゃなくたって本は読みますし、久人さんだってしょっちゅう読んでらっしゃるじゃないですか」

「俺が読んでるのは物語じゃないもん。あーダメだ、終わんない！」

パチパチッとやけくそのようにキーを叩くと、久人さんは伸びをした。上着を脱いだベスト姿で、うーんと両手を遠くに投げ出している。

「桃、終電大丈夫？」

「はい、もう少し」

「ごめんね、つきあわせて」

久人さんが追われているのは、先日の依頼に対する提案書だ。当初は余裕のある日程で返答の予定を組んでいたのだけれど、突然、前倒しの要望が来た。聞けば先方の会社に、本国から突然視察が入ることになったとのこと。その場で経営立て直しの見通しについて問われる可能性が高いというのだ。

『見通しが立ってなかったら、即本国から干渉を受けるでしょ。あそこは海外の資本が入ったばかりだからね、外資のノリでテコ入れされたら、ついていけない社員が絶対に出てくる。数字だけ回復しても、組織が摩耗《まもう》しちゃうよ』

なんとか力を貸してほしいと泣きついてきた経営陣に、久人さんは同情的だった。

というわけで、ついさっきまでプロジェクトメンバーも残って支援のプランをいくつも立てては話しあい、潰し、採用し、修正し、と会話を重ねていた。最終段階を詰めるのは久人さんの役目なので、こうしてひとり残っているというわけだ。

そして私は、秘書としてではなく、庶務的なサポートとしての手を請われ、『助けて』とのことなので一緒に残っている。

「ちょっと煙草吸ってくる」

「はい。おっしゃっていた事例、いくつか見つかりましたのでフォルダに入れておきますね」

「ありがとう、ほんと助かる」

椅子の背にかけた上着のポケットをごそごそ探り、煙草を取り出した久人さんが、部屋を出る直前で、「あ」とこちらを振り返った。

「桃、よかったら今日、俺んち泊まる?」

たいそうな物音が響いた。

応接テーブルで仕事をしていた私が、分厚いバインダーを落とし、その弾みでPCが床に滑り落ち、ケーブルを踏んでいた書類がいっせいに雪崩を起こしたのだ。

「桃!?」

すぐに久人さんが駆け寄ってきた。

私は動揺に汗をかきながら、とっちらかった床から急いでものを拾い上げる。

「すみません、問題ないです、すみません」

「あるでしょ、全然。足の上に落ちなかった？　大丈夫？」

「大丈夫です、すみません」

「いきなりどうしたの？」

「いえ……」

唇を噛んでうつむいた。おそらく顔が真っ赤だ。

彼は私の様子が変なのを、失態を恥じているせいと思ったらしい。「気にしないでいいよ」と拾った書類でぽんぽんと私の頭を叩いた。

「うん、PCも無事だ。そうそう、俺んちに泊まれるようなら、一緒にタクシー乗せるからさ、悪いんだけど終電……」

ゴツッという鈍い衝撃音がその声を遮った。

飛んだ書類を拾うためテーブルの下に潜《もぐ》っていた私が、頭を天板にぶつけた音だ。

「うっ……」

あまりの痛みに、頭を押さえてうずくまった。さすがに久人さんも異常だと感じたらしく、「ちょっ……桃、ええー？」とよくわからない言葉を発している。

「すみません……」

「謝らなくていいけど、どうしたの」

「すみません、でも、今日は帰らせてください」

顔を伏せたまま、蚊《か》の鳴くような声で言うのがやっとだった。久人さんが身を屈めてのぞきこんでくる。

「なんで？　べつに婚前交渉ってわけでもないんだし、だれもなにも咎《とが》めないよ？」

「こんぜ……こう……」

「俺たち、来月には一緒に暮らすわけだしさ、その前にある程度、お互いの生活習慣とか知っておいたほうが手間も省ける……わあ、待って、泣くの？　今？」

両手で顔を覆った私に、久人さんはいよいようろたえ、「桃ー？」と一所懸命に声をかけてくれる。

ううう、違うんです、すみません、すみません……。

「あの、泣いてはいません」

「じゃあ顔を上げようよ」

「私、箱入りなんです」

おずおず打ち明け、言われたとおり顔を上げた。

久人さんはぽかんとして、「知ってるよ?」と首をかしげた。

「御園家っていったら、過去には内閣総理大臣も輩出してる家柄じゃない。そこのひとり娘なんて、どれだけ……」

「そういう意味じゃないんです。実質、ということです。正味です」

「正味ってなんだよ」

ますますぽかんとしてしまった久人さんは、それでも私の言ったことを、頭の中で咀嚼《そしゃく》してくれたようだった。いくらもしないうちに、その顔にひらめきが宿る。

「あ、まさか」

そうです、はい。

私はどんどん熱くなってくる顔と耳にめまいさえ覚えながら、じっとしていた。

驚き顔の久人さんが、だれもいないのになぜか小声で、「経験なし?」と遠慮がちながらもダイレクトに聞いてくる。

私はうなずいた。もう涙目だ。

「ごめんなさい」

「いや、謝らなくていいって。でも……へえ、それはちょっと、あれだね、驚きかも。

桃ってお嬢さんぽいけど、悪い意味で浮世離れした感じ、そんなにないのに」

「立派に離れてるんです。しかも、それどころじゃないです」

「それどころって……」

「手をつないだこともないです。男の人とふたりで食事をしたりとかも」

久人さんは驚愕《きょうがく》を顔に張りつけたまま黙ってしまった。

私は逆に、ここまで驚かれるとも思っていなかったので、彼の周りの女の人っていったいどんな人たちだったんだろう、と疑問が湧いた。

執務室に沈黙が落ちる。コチ、コチ、と壁の時計が秒を刻んでいる。

久人さんのスーツが、衣擦れの音をたてた。整った身体をしている人は、発する音まで爽やかで心地いい。

ふと指先が温かくなった。床に置いていた私の手に、久人さんが手を重ねたのだ。

微笑みが近づいてきた。思わず目を閉じた瞬間、柔らかな感触がぶつかったのは、額だった。からかうような軽い音。あの音って、どうやって出すんだろう。

楽しげな瞳が、優しく笑っている。

「そういうの、早く言ってもらわないと困るよ」

「ごめんなさい……」

「そんなんで、いきなり一緒に暮らしてたら、どうなってたと思うの」

「だって、言うタイミングがなくて」

「寝室はひとつなんだよ、どうするつもりだったの？」

だって……。

我ながら情けない顔をする私に、久人さんがため息をついた。

「これ、亭主命令ね」

「え？」

「今日はうちにおいで」

え……。

「一緒に寝る練習、するよ」

命令というには優しい、だけど絶対に引く気のない様子で。

彼はそう言って、にこっと笑った。

だって、いずれ

そもそも私たちが、なぜ入籍までしておきながらこれまでなにもしていなかったのかといえば。

〝だっていずれ一緒に暮らすし〟

これに尽きる。

デートを重ね、気持ちをふくらませ……という段階を踏まずに結婚した私たちには、さてじゃあいよいよ、みたいなきっかけやタイミングがなかった。

だって必要なかったから。

必要なかったから……。

「緊張しすぎでしょ」

「しますよ……」

久人さんの住まいは、会社からタクシーで十分ほどの場所にあるマンションだった。都心の喧騒からはほどよく距離があり、だけど便利なエリア。いかにも彼が選びそうな立地だ。

十階建てほどのマンションは、外装がセメントむき出しで、一見デザイナーズマンションかと思った。だけど中を見たら、住みやすさはまったく犠牲になっていなかったから、違うのかもしれない。

最上階の１ＬＤＫ。あれだけバリバリ仕事をしている人にしては、簡素すぎると感じるほどシンプルな部屋に彼は住んでいた。

「あ、しまった。コンビニ寄ってくればよかったね」

寝室兼書斎の個室で、上着を脱ぎながら久人さんが言った。

「コンビニですか」

「歯ブラシとか、下着とかさ。あったほうがいいでしょ」

ベストを脱ぎ、ネクタイを緩める。

ワイシャツのボタンに手がかかったとき、これ、このまま見ていていいのかな、と急に心配になった。だけど部屋の主がここにいるのに、私がほかの場所にいるわけにもいかない気が……。

「えっと、歯ブラシはいつも持ってます。下着は……し、下着？」

「シャワー浴びるでしょ？」

久人さんが、ワイシャツの裾をぐいとスラックスから引っ張り出したので、私は慌てて顔をそむけた。

向こうはなにも気にしていないようで、前をはだけたワイシャツを肩に引っかけたまま、クローゼットからなにかを出して私に放る。大きなＴシャツだ。

「見られたくなかったらあっちで着替えておいで。下着はここで洗っていってもいいよ。浴室に干しとけば朝には乾くから」

「えっ、ですがその間、なにをつければ」

「寝るだけだもん、つけなくていいんじゃない？」

「は、えっ⁉」

素っ頓狂な声を出した私に、久人さんが人の悪い笑みを向ける。

緊張、動転続きのところをからかわれ、さすがの私もむっとした。

「冗談やめてください」

「冗談なんか言ってないよ。なんならこれも亭主命令にしようか？」

「あのっ、今すぐ、コンビニに行ってくるという選択肢は……」

抱えたＴシャツとバッグを盾《たて》代わりにして、ついにワイシャツを脱いだ久人さんのほうを見ないようにしながら、必死で提案した。

久人さん、ワイシャツの下になにも着ないんだな……って私、結局見ている。

彼はベルトをカチャカチャ鳴らしながら「なんだ」と冷静な声を出す。

「意外と気づくの早かったね」

「からかわないでください。行ってきます」

「ついでに煙草買ってきてくれない？　出て右手のコンビニね。逆に行ったとこの店は、煙草売ってないから」

部屋を出ようとしていた私は、その指示に振り向いた。その瞬間、なにかが目の前に飛んできた。「あ！」という久人さんの慌てた声。

飛んできたなにかは、私の額にコーンと見事にぶつかった。

「いた！」

「ごめん！　よく見ないで投げちゃった」

すっ飛んできた久人さんが、じんじんする場所を指でなでてくれる。

とっさに閉じていた目を開けた私は、叫んだ。

「きゃー！」

目の前に裸の上半身があったからだ。それとベルトがはずされ、ファスナーも途中まで開いたスラックスが。

私の悲鳴につられたように、久人さんも「わっ!?」と声をあげる。けどすぐその原因が自分の格好だと理解したらしく、ちょっと身体を見下ろし、「あのさあ」と眉をひそめた。

「いったいどれだけ頑丈な箱に入ってたの？」

「普通の箱です。そんなに珍しいですか……」

「だってさあ、俺の知ってるお嬢さまたちなんて、見た目こそ楚々としてるけど、すっごい肉食だよ。医者、弁護士、企業幹部が大好物でさ、毎日のように合コンやらパーティやら開いては、食い散らかし……」

私の視線に気づいたんだろう、久人さんは急にゴホンとわざとらしく咳払いをし、「さ、行ってきて」と話を途中でやめて私を廊下へ押し出した。

「これ見本ね。同じのふたつ買ってきて」

床から拾い上げ、持たせたのは黒い煙草の箱。さっきぶつかったのはこれだ。中央に金色のアルファベットがふたつみっつ絡まりあっている。

久人さんは「桃のもこれで買いな」とお札も私の手に握らせた。

「その〝食い散らかし〟のお嬢さまがたと久人さんのご関係は……」

「知りあいだよ、ただの」

「大好物であるという〝企業幹部〟の中に久人さんは……」

「若いころの話だよ、そうやって人脈を作るものなの。桃は気にしなくていいから、さ、行っといで」

なにかごまかしてません？

私の疑いの眼差しから逃げるように、久人さんはバタンとドアを閉めてしまった。

まあ、千晴さん情報でも、女癖には問題ありとあった。久人さんを信じるなら、過去の話なんだろうし、気にしても始まらない。

それにしても、みんなそういう経験って、いったいなにをきっかけに足を踏み入れるんだろう……。

そんなことを考えながら玄関のドアを開けたとき、「桃！」とうしろから声がした。

久人さんが急ぎ足で廊下をやってくる。

「ごめん、今が何時か忘れてた。危ないから俺も行くよ」

いかにもルームウェアという感じの、白いTシャツとグレーのスエットを着た久人さんは、シューズボックスから黒いスニーカーを出し、素足にそれを履いた。

「なに？」

「いえ」

「心配しなくても、桃の買い物はのぞかないよ」

彼らしい気づかいに、笑ってしまった。

「久人さんて着痩せするなあって思って見ていただけです」

「そう？」

「はい」

うなずきながら玄関を出た。

スーツ姿と比べると、こういう薄手の服を着て、二の腕や身体のラインが出ていると、ぐっと筋肉質なのがわかって、よりたくましく見える。

スリーピースでびしっとアドバイザーをしていたときと同じ人とは思えない。ちょっとかっこいいお兄さんて感じだ。

「久人さん」

エレベーターで下りる途中、スエットのポケットに片手を入れて、壁に貼ってあるメンテナンスのお知らせを眺めている久人さんに声をかけた。

「ん？」

「手をつないでいただけませんか」

びっくりした顔がこちらを振り返ったとき、ちょうどポンという音とともに、ロビー階に到着した。

久人さんは私をじっと見て、やがて「ダメ」と言い置いて先に降りてしまった。

ダメですか！

ショックにしばし呆然とし、エレベーターに扉を閉めると言われて慌てて降りた私を、少し先で彼が待っていてくれた。

「コンビニ、近いから」

肩越しに私を見下ろす、柔らかな笑顔。

「つなぐのは、帰り道ね」

その約束は、もしかして忘れられてしまったのかなと残念に思った瞬間、叶えられた。買い物を済ませ、コンビニの自動ドアをくぐるとき、半歩先を行っていた久人さんが、うしろ手に、ふいに私の手を取った。

顔は前方に向けたまま。なにげない、あたり前の動作のひとつみたいに、自然に。

私の手と一緒に、緊張も遠慮もすっぽり包みこむ、大きな手。

天国のお父さん、お母さん。

私、すてきな旦那さまと出会いました。

「あ、ご両親の記憶、あるんだね」

「ありますよ。ふたりが亡くなったのは私が中学二年生のときです」

歯を磨いて寝室に行くと、久人さんはもうベッドに入っていた。部屋の照明を消し、枕元のライトで本を読んでいる。はじめて見る、眼鏡姿だ。

ベッドは海外製だろうか、長身の久人さんでも足元にゆとりのある、ロングサイズ。

彼がタオルケットの端を持ち上げて私を招く。

だれかと同じベッドで寝るなんて、子どものころ以来だ。わくわくしてきて、久人さんの隣に潜りこんだ。

温かい、人のぬくもり。

「きゃー!!」

突然視界が真っ暗になった。久人さんが私を頭ごとぎゅっと抱きしめたのだ。

「はなしてください!」

布越しの温かい肌から、いい匂いがする。じたばたともがいたら、やっと解放された。「反応いいなあー」と人でなしの久人さんが笑っている。

赤らんでくる顔を手で隠し、逃げるようにベッドを出た。

「携帯を忘れたので、取ってきます」

バッグを置いてあるリビングまで走った。久人さんが、ひとりで笑い転げているのが目に見えるようだ。

ひどい。経験ないって言っているのに、この仕打ち。

リビングに入ると、ソファの脇のバッグの中で携帯が点滅していた。部屋の照明はつけずに、取り出してメッセージを表示する。千晴さんからだ。

【冷蔵庫におかず入れておいたの、気づいた?】

あっ……。

千晴さんはうちの鍵を持っており、好きに出入りしてもらっている。私が勤めに出ている間に夕食を差し入れてくれたりすることも多い。

しまった、今日、持ってきてくれていたんだ……。

えーと、と返信の文面を考えた。

これまで、出張以外で外泊をしたことなんてない。ちゃんと説明しなかったら、折り返し電話がかかってくるに違いない。

ごめんね、今日は久人さんの家に泊まって……これ、絶対なにか誤解させる。いやでも、べつにかまわないのか、戸籍上はもう夫婦なんだし。

とはいえ……。

なぜか額に汗をかきながら、言葉を探した。嘘はつきたくない。

ええと、仕事で遅くなっちゃって……近いから……誘ってくれて……。

言い訳がましいなあ。やっぱりシンプルに……。

きゃー!!

いきなりだれかが私を背後から抱きしめた。

私は恐怖のあまり声も出せず、心の中だけで全力で悲鳴をあげた。

「あっは！　すごい驚きっぷり……！」

おかしくてたまらないという感じの笑い声が、頭上から降ってくる。

「久人さん！」

「身体、びくって、すっごい跳ねたね、今」

「重い、重いです!」

うしろから私を抱きしめ、体重をかけてくる。

「なかなか帰ってこないから、どうしたのかと思ったよ。千晴さん?」

「はい……」

さすが、ちらっと文面を見ただけで私の窮状《きゅうじょう》を察したらしい。

「正直に書いたら、飛んできたりしないよね?」

「おそらく、さすがにそれは、ないかと……」

言っていて、はっと思い出した。

〝夫婦業〟の意味。ようやくわかった……。

だとすれば、私が久人さんの家に泊まると知ったら、彼女はむしろ激励の言葉を送ってくるだろう。もしかしたら作法や心得などを授けてくるかもしれない。

えい、と返信を打ち、送信した。

千晴さんからの返事は明日の朝見ることにして、バッグに携帯を突っこむ。

「終わった? じゃあベッドに戻るよ」

「あの、今日は一緒に寝るだけですよね?」

念のため確認する。

振り仰いだ顔は、きょとんとしていた。

「不満なら、相手するよ？」

「いえっ、いえいえ」

「でも俺、明日早いんだ。手抜きになっても怒らないでね」

「だから、いいです、不満なんてないです、全然」

久人さんがくすくす笑って、頭をぐいとひとなでしてくれる。ようやく身体が離れていったとき、私は肌のあちこちに、彼の体温が残っているのを感じた。

「行こ」

寝室までのちょっとの距離を、久人さんは私の手を取って歩いた。コンビニに行くときは、あんなにもったいぶったのに。

長い指。ごつごつした間接。男の人の手だ。

「目、悪いんですか」

「うん、そこそこ。普段はコンタクト」

再びベッドに入ると、久人さんは私に腕枕というものをしてくれた。名称に忠実に、腕に頭を乗せたら『それ痛い』と言われたので、この体勢は、肩枕と言ったほうが正しいんじゃないかなと思った。

「桃は？　まさか裸眼？」

「そうです。我が家、視力はだれも問題ないんですよ」

その代わり老眼が早々と訪れる。今年五十歳になる千晴さんは何年も前に『絶対人前でかけない！』と言いながらおしゃれな老眼鏡を購入していた。

へえ、と久人さんが感心した。

「そりゃいいね、目がいい血筋は貴重だよ」

「お義父さまたちもお悪いですか？」

久人さんはちょっと天井を見つめ、「そうだね」と言う。もう眠いのかなと思ったのだけれど、ぱっちり目は開いているので、違うみたいだ。

「私、容姿は母似なんですけど、体質や中身は、かなり父に似てるんですよ」

「へえ？」

彼が顔をこちらに向けた。

「裸眼で二．〇あるのもそちらの血で。風邪ひとつひきませんし、幼稚園からずっと皆勤賞なんです」

「それは、いいものをもらったねえ」

「虫歯もありません。歯医者さんに行ったことがないんです。これ、父も同じで、それが自慢で。俺はめったにカルテを作らせないんだ、なんて言って」

久人さんがははっと笑った。私も笑った。

「桃は、ご両親の思い出を、楽しそうに話すんだね」

「楽しい思い出ばかりですから」

「つらくはない？」

　首を振る。

「父と母は、自動車事故で亡くなりました。私が学校に行っている間のことでした。父が運転席で、母が助手席。ほんの日常的な、ちょっとそこまでという外出で、一方通行の道路を逆走してきた車と正面衝突したんです」

　久人さんは黙って聞いている。彼の、私の肩を抱く手が、わずかに強まった。

「私は子どもだったので、会わせてもらえなかったんですけど、遺体はきれいだったそうです。ふたりは手を取りあっていて、父はもう一方の手で、カードケースを握りしめていたと」

「カードケース？」

「私の写真を入れていたんです」

　私は久人さんの胸の上に置いた手を、顔の前に持っていった。「すごいと思いませんか」と手の甲を走る静脈を、なんとはなしに見つめる。

「人は、命が尽きるその瞬間にも、だれかに希望を与えることができるんです。私は両親のその死の様を聞いたとき、なにがあっても生きていけると思いました」

　手を胸の上に戻した。

「私は、愛しあっていた両親が愛した娘です。絶対に崩れないその自信を、最後の最後に、両親はくれたんです。すごいと思いませんか」

話すのに夢中になっていた私は、いつの間にか久人さんがじっとこちらを見ていることに気づき、えっ、と動揺した。

その目は笑ってもいなければ、同情しているようにも見えない。

あれっ……な、なんだろう。

「あの、ごめんなさい、自分の話ばかり……」

あせり、頭を浮かせて離れようとした私を、追いかけるように久人さんが腕を伸ばし、両手で抱きしめた。眠りに落ちる直前の、体温の高い身体。

「あの……」

「俺、結婚したのが桃でよかったよ」

肩のあたりに吹きこまれる、優しい声。

私は最初、あっけに取られ、その後、感動がじわりと押し寄せてくるのを感じた。

おそるおそる、彼の背中に腕を回す。

「本当ですか……」

「うん」

「あの、私も」

彼のTシャツを握りしめた。

「私も久人さんと結婚できて、幸せです」

見えないけれど、彼が微笑んだのが、気配でわかった。私を抱く腕に、ぎゅっと力がこもる。

「おやすみ」と私の髪に柔らかなキスを落とし、腕を伸ばして枕元のライトを消す。

その腕でまた私を抱きしめて、久人さんは眠りに落ちた。


「で、俺のほうに着信が入ってるっていうね……」

「すみません……」

「しかもこれ、すごい時間だな、朝の五時ってなに」

枕を抱えるようにしてうつぶせになった久人さんが、まだ目覚めきっていない顔で携帯をにらんでいる。私もベッドに入ったまま、彼の手の中の画面をのぞいた。

「千晴さん、健康志向なので。朝にヨガやジョギングをするのが日課なんです」

よく考えたら、昨晩私が返信したときには、彼女はもう寝ていたに違いない。朝起きて携帯を見て仰天し、久人さんにかけたんだろう。

「なんて送ったの？」

「遅くなったので久人さんの家に泊まります。もう寝るからおやすみなさい、って」

私としては、夜更かししません、健全です。すぐに返信いただいても見られません、
というニュアンスを込めた、なかなか優秀な出来だと思ったんだけれど。

久人さんはため息をつき、私の頭に腕を伸ばしてくしゃくしゃとかき混ぜた。

「それね、〝これからいいところだから邪魔すんな〟って取れるよ」

「え！」

「だから明け方に電話してきたんだな……。〝邪魔はしないが、目は光らせてるぞ〟ってメッセージでしょ、たぶん」

「え！」

「会ったらなにを言われるかねえ……」

意外なことに、久人さんの寝起きはどうやらスローだ。てっきり目覚ましとともにぱっと起きるタイプかと思っていた。エンジンが温まるのに時間がかかるらしく、なかなか寝床を出ようとしない。

ちょうどよく光を遮るカーテンは、まぶしすぎない程度に朝の光を通し、静かな寝起きの寝室をなんともいえず心地いい明るさにしてくれている。

「そういえば俺、桃の今の部屋も見たいんだ」

「私の部屋ですか？」

「うん。どんな暮らしをしてるのかとか、知っておきたいじゃない？」

「でしたら引っ越す前に、夕食会でもしましょうか。千晴さんも呼んで」

「なにを言われるかねえ……」

戻った。

「あの、久人さんに冤罪《えんざい》がかけられないよう、ちゃんと説明しておきますから」

「なにもしてないって？」

「はい……ああ、もう、そういう問題じゃないですね。私が妻失格ですね」

よく考えてみたら、全部私じゃないか。一緒に寝る練習なんてものをするはめになった原因も、まぎらわしいメールを送ったのも。

すっかり身の置きどころがなくなり、情けなくて枕に顔を伏せた。

それを上から押しつけるように、ぐりぐりと久人さんが頭をなでる。

「いいよ、べつに」

「でも」

「遅かれ早かれ、俺はいずれ罪人だ」

顔を横に向けると、久人さんが頬杖をついてこちらを見ていた。

「ご両親や千晴さんの、大事な桃の、大事なものを、奪うんだからね」

いつもより、少しとろとろと、気だるげな笑み。それがすいと寄せられ、耳元で濡れた音をたてる。

「引っ越し、楽しみだね」

唇が触れた耳が、ぐんぐん火照り出す。再び枕に顔を埋め、からかい半分の視線から逃げる私を、久人さんは声をあげて笑う。

「そろそろ起きるよ」

そう言うくせに、タオルケットの上から私を抱きしめ、「重いです」と私がギブアップするまで離さなかった。

来月、私は久人さんと一緒に暮らしはじめる。

はじめての……

「桃、桃っ！　そこで考えこまないで！　危ない！」

「え？」

新居に届いていたカトラリーのセットをどう収納しようかと、キッチンの引き出しを床に出して思案していたところだった。

段ボール箱を抱えた久人さんに気づいた私は、慌てて場所をあけたつもりで、コントよろしく、同じ方向によけた彼とまともにぶつかった。

「きゃあ！」

「桃！」

倒れこんだところに、段ボール箱が降ってくる。

ボコンという軽い音に、「あいてっ」と久人さんの声。

覆いかぶさるようにして、床の上の私をかばっていた彼が、身体を起こした。

「よかったー、重い荷物じゃなくて」

「すみません、大丈夫でしたか？」

箱の中身は梱包材だったらしい。久人さんが頭の横を押さえているので、私もそこをなでた。しなやかに見える彼の髪は、案外硬い。

「うん。そろそろ腹減らない？　なにか食べに出るか、取るかしようか」

私は、今日この新居に入って真っ先に取りつけた壁の時計を見た。

十八時半。

引っ越し自体は業者さんにお任せしたから、家具も新しい調理器具も食器も、私たちが到着する前に収納済みだ。あとはそれぞれの私物と、別便で届いた小物を片づけるくらい。

久人さんに至っては、どうしても自分でやる時間が取れないとのことで、前の部屋の家財の梱包もすべて業者さんに一任していた。その弊害として、新しい私室のどこになにがあるのかさっぱりわからず、今日は半日費やして、すべての収納を開けては確認するはめになっていた。

「そう、ですね……」

私は新品のフォークを見下ろした。贅沢な十人用のセット。奥にしまっておくぶんと、普段使いできる場所に並べておくぶんの配分を、ずっと考えていたのだ。

久人さんが、私の顔をのぞきこんだ。

「なにか、別の希望があるなら言いな」

「あの……」

できたら……。でも、久人さんは今すぐにでも食事をしたいですよね……。ですが、もしよかったら……。

心の中でごにょごにょ迷っていたら、「桃ー」と両手で顔を挟まれた。

「俺は、晩メシの話くらいで機嫌を損ねる甲斐性なしに見える？」

「い、いいえ」

「じゃあ言いなよ、聞く器はあるからさ」

「引っ越して最初の食事は、このキッチンで作りたいなと思ってたんです」

私の言い出すことなんて、だいたい読めていたんだろう、久人さんはじっと私を見て、優しく口の端を上げた。

「じゃあ、作ろう」

「まだ片づけが……」

「一度中断したらいいよ。散らかった部屋で食べるのも、特別感あるじゃない」

「買い出しもこれからで……」

「あ、それで思い出した」

彼がぱちんと指を慣らし、ちょっときょろきょろしてから、キッチンカウンターに置いてあった財布を取ってきた。

「これ、桃のカード。家計用の口座を作ったから、家の買い物はこれでしてね」

「え……」

「あ、カード会社とか、こだわりあった？　勝手に俺の家族会員にしちゃった」

クレジットカードを差し出し、ごめん、とあせっている。

家族。

「いえ……」

「暗くなる前に、行こっか、買い物」

「久人さん」

キッチンで手を洗いながら、久人さんが「ん？」と返事をする。

「ありがとうございます」

彼はきょとんとし、「そんなにキッチンを使いたかったの？」と笑った。

ぴかぴかのカードが宝物に思える。私はそっとそれを財布にしまった。


――千晴さん、緊急事態です。

「肉はどうする？　マリネしとく？」

「マ……？」

言ったそばから久人さんは手早くタマネギをおろし、缶詰のパイナップルを刻み、お醤油と……そこからはもう、鮮やかすぎて追えなかった。

一方の私は、ようやくパプリカをひと口大に切り終えたところ。

「でーきた。明日の夜は、これを楽しみに早く帰るとしようかな」

ジップ付きの袋に入れて丁寧に空気を抜き、冷蔵庫に入れる。

「あとはなにを手伝う？」

「手伝っていただくには、久人さんのスキルが高すぎて……」

「だって俺、料理好きだもん」

「早く言ってください！」

どうりで買い物も迷いがないと思った。

これまで練習してきた手料理を久人さんに振る舞う……なんてつもりでいたけれど、とんでもない。私のほうが足手まといだ。

「桃だって上手でしょ、引っ越す前に開いてくれたディナーパーティ、すごくおいしかったよ」

「あれは、ほとんどが千晴さんの力で……」

「トマトには絶対に火を通さないでね」

「え？」

必死に野菜を切る私の横で、久人さんが真っ赤なトマトをぽんと宙に投げる。

「……お嫌いですか？」

「嫌いって言うと、俺がわがままみたいじゃない？　おいしくないって言ってよ」

え、トマトのせいにするの。

「おいしいですよ」

「個人差だよね」

彼は片手でトマトを受け止めると、さっと洗って、ペティナイフでまたたく間にサイコロ状に切り、モツァレラチーズも同じくらいに切って小さなボウルに入れ、バジル、塩コショウ、オリーブオイルを絡めた。食器棚を物色し、取り出した器にざっとあけ、ちょいちょいと見た目を整える。美しいカプレーゼのできあがりだ。

ぽかんとしてしまうほどの手並みだった。

この人、本当に料理をする人だ。選んだお皿の大きさも形も申し分ない。料理に合わせた食器の見極めが、かなり難度の高い技であるのを、私は料理とともに学んだ。

「腹減ったから、これ食って待ってるね」

菜箸で、トマトとチーズを私の口に入れてくれる。

うわ、おいしい。

「えっ、あの、お手伝いは」

「俺じゃ、スキルが高すぎるんでしょ？」

「ですけど」

「慣れないうちは、自分のペースでやったほうが危なくないよ。何時になってもいいから、奥さんの手料理を待ってるよ、よろしく」

ええー！

うろたえる私をよそに、久人さんはカプレーゼの器を片手に、リビングへ行ってテレビを見はじめてしまった。

私はといえば、まさにトマトに火を通すメニューを考えていたため、それがふいになり、頭は真っ白。慣れていない人間に、その場でのアレンジなんて無茶な注文だ。

この材料で、そんなに時間をかけずにできるもの……と考えているところに、

「えっ、このタレント結婚したの」なんて気楽な声が届く。

ひーっ、と頭の中で悲鳴をあげた。

千晴さん、大変！

この人、お嫁さんなんか全然いらない！


「うん、いらないよ、そういう意味では」

打ちのめされていた私に、久人さんはあっけらかんと追い打ちをかけた。

お風呂でそれぞれ引っ越しの埃《ほこり》を落とし、真新しいベッドに入ったところだ。

丈はロングサイズ、幅はクイーンサイズのマットレスに、新品のシーツと布団。

コーディネーターさんからはキングサイズの提案もあった。けれど彼は大きすぎると感じたらしく、『これじゃ、ふたりで寝る意味なくない？』とお気に召さなかった。

「だからこれまで、結婚しなかったんだよ」

「そ、そうですか……」

片手を頭の下に敷き、久人さんは身体をこちらに向けている。

〝一緒に寝る練習〟は引っ越しまでに五回ほど実施された。今では私も、すんなり彼の隣に身を横たえることができる。

私がそうすると、彼は必ず、片腕をかけて引き寄せてくれる。ドキドキして、安心して、うれしくなる瞬間だ。

「だけどべつに、俺の身の回りの世話をするために結婚したわけじゃないでしょ？気にしなくていいじゃない」

「でも久人さん、片づけも掃除もきっちりされますし、どれかひとつくらいは、私がやらないとダメっていうものがあったほうが気が楽で……」

「できるけど好きではないから、そんなに言うなら俺、全部やめたっていいよ」

「それは困……うーん？　……いえ、うーん……」

案外ありかも、と真剣に悩む私の頭を、「冗談だよ」と久人さんがかき回す。

結局、あれから四十分ほどかけて完成させた三品の拙《つたな》い料理を、『おいしい、全部好き』とぺろっと食べてくれた。

「仕事もあるんだから、そんなにがんばらなくていいよ。明日も秘書業務よろしくね」

私の頭にキスをして、久人さんはライトを消した。

彼がすぐに眠りに落ちたのを、腕の中でひとり、感じた。

『がんばらなくていいよ』

その言葉が胸の中で暴れていた。

＊　＊　＊

廊下で行きあった次原さんに「ちょうどよかった」と呼び止められた。

「庶務業務のマニュアル化についてご相談が……」

「あっ、できてます」

私の返事に、次原さんがぽかんとする。

「僕、作成をお願いしましたっけ？」

「されてはいませんでしたが、いずれ必要になるかと思って」

「拝見しても？」

私たちは一緒に久人さんの執務室に入った。久人さんは不在だ。私は続き部屋からファイルを取ってきて、差し出された手にのせた。

眼鏡の奥の目が、文書の隅から隅までをさっとなぞり、見開かれた。ファイルを私に返し、次原さんが微笑む。

「データをサーバに上げてください。今後もアップデートをお願いします」

「はい」

「なぜこんなお話をしたかと言いますと、このたび庶務のアシスタントをひとり採用しまして……」

「引継ぎスケジュールを引いたんです、こちらで大丈夫ですか？」

渡した出力を、彼は口を開けたままチェックした。

「……完璧です。が、採用の件て、僕、お話ししました？」

「この部屋で、久人さんとそのお話をされていました。じきに私にも関係してくると思い、準備を……」

「桃子さん」

次原さんが、きりっとした姿勢を崩し、久人さんのデスクに寄りかかった。

「有能なのはありがたいですが、張り切りすぎじゃないですか？」

叱られた。

彼が苗字でなく、こんなふうに私を呼ぶのは、久人さんの妻として扱うときだ。

「とくに今週に入ってからひどい。週末にお引っ越しをされたんでしたね、心機一転のタイミングなのもわかりますが、慣れない暮らしに、仕事もこんな……」

「そうでしょうか……」

「まーた桃をいじめてるの、次原」

「うわっ！」

いつの間にか部屋に入ってきていた久人さんが、音もなく次原さんの真横に現れ、耳に息を吹きこんだ。それから彼の腿《もも》をぱしっと叩く。

「いた！」

「新しいアシスタントの情報は共有した？　桃は一時的にだけど、俺の秘書に専念してもらう。そのことはまさか、もう聞いてるよね？」

その話は初耳で、私はなんとも答えられず、「……ええと」と濁した。

次原さんが正直に、「まだです」と申告する。デスクの向こうに回った久人さんが、上着を脱ぎながらじろっと彼をにらんだけれど、怯まない。

「失礼ながら、桃子さんがオーバーワー……」

「御園」

「御園さんが、オーバーワーク気味とお見受けしましたので、ご指摘を……って、あなただってさんざん社内で〝桃〟呼びしてるでしょ、なにを偉そうに！」

「俺は俺、お前はお前」

久人さんは聞く耳も持たず、ＰＣを開く。その目がこちらを見た。

「でも桃、オーバーワークは次原の言うとおりだよ。気をつけて」

「はい……」

小さくなった私に、言葉がきつすぎたと思ったのか、顔を曇らせる。

「桃が倒れたりしたら、俺が困るんだから」

「それはご心配なくです、健康な血筋なので」

ガッツポーズを作ってみせると、ふたりが微妙な表情で顔を見あわせた。


「オーバーワーク！」

「ひぇっ」

帰ってきた久人さんに、憧れの『ごはんにしますか、お風呂にしますか』をやったら、開口一番怒られた。

彼の剣幕に飛び上がり、預かった鞄を抱きしめる。

「そんなに残業もしてませんよ……？」

「俺より一時間くらい先に帰っただけでしょ、それで風呂もメシも支度ができてる？帰宅してから、全然休んでないってことだろ！」

「え……」

靴を整えてから上がってきた久人さんは、「こういうのも、いいから」と私から鞄を取り返し、廊下の奥の書斎へ入ってしまう。

私は少しの間、所在なく佇み、ごはんを温め直すためにキッチンへ行った。


「うまい」

難しい顔をしてお箸を口に運び、久人さんがつぶやく。

「よかったです」

「うまいけどね」

私はぎくっとして、対面の席で頭を下げた。

「盛りつけは失敗した自覚があります、すみません！」

「謝らなくていいし、盛りつけの話でもなくて！」

「え？」

「桃、今朝、何時に家を出た？」

「あ、おかわりありますよ」

手を出すと、それと自分の手元を見比べた久人さんが、むっつりした顔のままお椀を差し出す。

「ごまかしてるでしょ」

「はい」

キッチンでおみおつけの残りをよそいながら、正直に答えた。

今朝は仕事を片づけたくてかなり早くに出勤したのだ。基本、久人さんより先に出るのだけれど、今日は彼がまだ眠っているうちに家をあとにした。

「昼はどこで食べた？」

「デスクで……」

彼の目つきで、仕事をしながら軽くつまんで済ませたのが、ばれているとわかる。

お椀を手に戻ると、「座りなさい」と向かいの椅子を指さされた。

「桃、そこまで完璧にやってたら、お前が壊れちゃうよ」

「完璧なんかじゃないです」

「どこが？　越してきてから、桃が俺より早く寝たことはないし、遅く起きたこともない。家中いつもぴかぴかで、帰ればごはんはできてる、風呂は沸いてる、俺は洗濯すら一度もしてない」

それのなにが悪いのかわからず、私は返事をしなかった。

久人さんはお箸を置き、軽く身を乗り出して、テーブルの上で腕を組んだ。

「これじゃホテルだよ。対価を払って受けるレベルのサービスだ。楽をさせてもらって助かるけど、俺は桃になにも払ってないし、ここまで求めてない」

「生活費も、ほとんど出していただいてますし……」

私の口ごたえに、久人さんの眉根が寄る。

「それは、出さないぶんを労働で補えっていう意味じゃないよ。俺のほうが収入がある。使える金が多いのも当然だ」

「久人さんは、お仕事も、責任のあるもので、大変ですし……」

「桃に無責任な仕事なんて頼んだつもり、ないよ」

黙った私に、さらに続けようとする。

「あのね、がんばっ……」

「がんばらなくていいよっていうのは、優しさじゃありません！」

思わずテーブルを叩いた。遮った声は、悲鳴みたいになってしまった。

久人さんが、ぽかんと目と口を開けている。

「あっ……」

すみません、と引っこめようとした手を、すばやく彼が捕まえた。瞳が、じっとこちらを見据える。

「いいよ、思ってること話して」

「あの、ごめんなさい」

「謝る必要ないから。桃が考えてること、今、教えて」

テーブルの上で重ねられる、温かい手。私は男らしい、長い指を見つめた。

「……期待されないのは、むなしいんです」

「してるよ」

「がんばらなくていいっていうのは、私にとっては、見捨てる言葉です。なにも期待してないよってことです」

おそるおそる視線を上げると、愕然《がくぜん》とした表情が見返す。

「そんなつもりで言ってないよ」

「でも、そう思えてしまうんです。わ、私……」

赤らんでくる頬を、片手で隠した。

「つ、つ、妻としての！　お役目も果たしてないのに……ほかのことくらい、気の済むまでやらせてください」

「妻としての役目？　ってなに？」

久人さんが目を真ん丸にして、素っ頓狂な声を出す。情けなさに涙が浮かんだ。

「よ、夜の……」

「夜の？」

くり返してから、思いあたったみたいで、「あ」と口を開く。

「そんなの気にしてたの？」

「気にしてたというか……つまり私、久人さんを満足させられていないわけで」

「いやいやいや、俺もいい歳だし、下半身で不満とか満足とか決まらないから」

「下半身？」

耳慣れない言い回しに、つい聞き返した。久人さんがゴホンと咳払いをする。

「ごめん、言いかたがあれだった。えーと、俺は、そんなのが奥さんの役目だなんて思ってないし、してなくても桃に不満なんてないよ」

「えっ……」

「いつか、その、できる日は楽しみだよ？　もちろんね？」

〝用なし〟と言われた気がして青くなった私に、久人さんが慌てて言い添える。

「でも、楽しみにしてる時間も、十分楽しいってこと」

意味が伝わっているか確かめるように、私の顔をのぞきこむ。それから満足したのか、握った私の手をもてあそびはじめた。

「そういう時間を持てるのは、桃だからでしょ」

ねえ久人さん。どうしてそんなに優しくできるんです？

どうしてそんなに、私を甘やかせるんです？

これじゃ私、寄りかかる先を千晴さんから久人さんに移しただけで、なんの成長もしていない。ひとりの人間として、自立するつもりもあって結婚したのに。

「なあに、そのふてくされた顔」

「ふてくされてないです」

「じゃあ、なんでそんな、泣きそうなの」

「だって……」

だって、私……なんだか……。

あれ？

「桃？」

「ごめんなさい、ちょっと……」

身体が重い。腕はだらんと椅子に垂れたまま、持ち上がらない。

「桃、どうしたの」

久人さんが席を立って、こちらに歩いてくる。

その姿がぐるんと回りだした。駆け寄ってくる彼の、慌てた呼び声を聞きながら、私は自分が座っているのか倒れているのかもわからなくなっていた。

「バカなの？」

「すみません……」

ピピッと体温計が鳴った。私が渡すより早く、久人さんの指がパジャマの中に滑りこんできて、脇から体温計をさらっていった。

「九度二分！」

「身体が痛いです……」

「あたり前だよ、さっきより上がってるんだから！」

ベッドの枕元に座った久人さんは、無意識に体温計を振っている。実家の体温計が水銀タイプだったんだろう。私もそうだった。

「よりによって金曜の夜に熱出すとか……」

社畜、と吐き捨てながら、私の汗ばんだ額をなでてくれる。

動けなくなった私を抱き上げて、寝室まで運んでくれたのだ。私はベッドの上で、身体の痛みに泣きそうになりながらなんとかパジャマに着替えた。

全身の筋肉が縮んでしまったみたいに軋《きし》む。こんな高熱を出したの、はじめて。

「健康な血筋はどこいったの」

「あの、うつるので、向こうへ……」

「ただのがんばりすぎの知恵熱が、なんでうつるんだよ！」

あっ、これが知恵熱っていうもの？

身体を壊したことのない私は、どうやらこの方面の知識が不足しているらしい。

うう、痛い。重い。身体が自分のものじゃないみたい。

水差しの水が苦い。顔をしかめた私を見て、「引っ越し祝いにもらったジュースがあったよね」と久人さんが寝室を出ていった。

すぐに、カクテルグラスに入ったジュースを持って戻ってくる。グラスの口から、ピーチのみずみずしい香りが広がって、癒《いや》される。

「器って、大事ですね……」

「今、そんなことといいから、飲んで」

久人さんは私を抱き起こして、隣に座り、片手で背中を支えてくれる。私は震える手をグラスに添えて、ひと息に飲み干した。冷たい果汁が身体の中を通っていく。

「おいしい……」

これはおいしい。元気になったら、すてきな大きいグラスでがぶがぶ飲もう。

「よかった。これくれたの、だれだったっけね」

言いながら久人さんがグラスを舐める。そこには滴しか残っておらず、私は慌てた。

「あっ、ごめんなさい、全部飲んじゃった……」

いただきものなんだから、ふたりで味わうべきだった。

久人さんが「いいよ」と笑う。

「これで、十分わかるから」

「え？」

長い腕が、私の肩を抱き寄せた。頭が力なく揺れ、彼の鎖骨のあたりにぶつかる。

瞳をのぞかれた、と思った瞬間、柔らかな感触が唇に触れた。

ほのかな桃の香り。

呆然とする私に、久人さんは噴き出し、「目を閉じなよ」と頬に手を添える。

言われたとおりにすると、さっきと同じ感触が、今度は私の唇のあちこちを味見するみたいに、軽く噛んでは柔らかく重なって。その間ずっと、久人さんの香りと体温が、すぐ鼻の先、信じられないほど近くにあった。

キスの距離は、ゼロ。くっつくって、こういうことかと思った。

「これで妻の役目、少しは果たした気になる？」

いつも見ていた、久人さんの清潔な口元。話したり食べたりする以外に、こんな使いかたもするんだ。これからはもう直視できないかもしれない。

私は首を振った。なにも果たせている気がしない。どちらかというと、また一方的にもらってしまった気分だ。

久人さんは私を両腕でぎゅっと抱きしめ、「もっとってこと？」と勝手に解釈して、私が茹《ゆだ》るまでキスを続け。

のぼせてふらふらになった私を見て、また笑った。

揺らぎ

土曜日はまったく起き上がれず、ベッドの上で過ごした。

ときおり久人さんが、飲み物や食べ物を持ってきてくれる。これがまた、ミントの葉が添えてあったり、ヨーグルトとはちみつに加えてレモンがちょっとだけ絞ってあったりと、容赦《ようしゃ》なく完成度が高い。

自分のできなさ加減をぐさぐさ抉《えぐ》られつつ堪能し、人の悪い笑みを浮かべる久人さんに見守られながら、私は少しずつ回復していった。


そして日曜日の朝。

「身体が動く！」

思わず大きな声を出してしまい、はっと口を押さえた。

すぐ隣で、久人さんが寝ている。私をなにかから守るみたいに、腕で囲って。

休みの日も、きまって家でなにかしらの仕事をしている人だ。昨日はそれに加えて、一日看病をしてくれた。くたびれているに違いない。

私はそっとベッドを出て、バスルームに向かった。

シャワーを浴びたら生き返った。汗も汚れも落ちて、なにより自分からふんわりいい香りがするのがうれしい。

生まれてはじめて、心の底から健康に感謝しながら身支度を整えたとき、インターホンの音がした。急いで仕上げをし、ダイニングの入り口にあるモニターを確認する。

男の人が映っていた。久人さんと同年代くらいの、見覚えのない方だ。カジュアルなワイシャツを着て、胸元を少し開けている。

わずかに微笑んでいるようなきれいな顔はくつろいでいて、警戒が必要な相手ではないと思われた。

「はい」

『あ、イツキです。久人はいます？』

イツキさん……。

名前に覚えがある。どこで聞いたんだっけ、と記憶を探っていると、廊下の奥で物音がして、いかにも寝起きですという風情の久人さんが駆けこんできた。

「悪い、今起きた、ロビーで十分待ってて！」

私の背後から、モニターに向かって怒鳴る。両脇の壁についた手と彼の身体の間で、私は押しつぶされた。

モニターの中の顔がにやっとする。

『おやー、ごちそうさん、いくらでも待ってるよー』

そんなんじゃないっての、と久人さんがシャツを脱ぎながら言い返す間に、インターホンは切れてしまった。

「私、お迎えに行って、お相手してましょうか？」

「えっ、ほんと？　助かるよ、ごめん」

バスルームの向こうで、あせった声がする。

「あの、ところで、イツキさんて……」

「あれっ、そうか、会ってない？」

引き戸から、裸の肩と顔が、ひょいとのぞいた。

「俺の従兄《いとこ》だよ」

高塚樹生《いつき》さんは、モニター越しにも感じたとおり、すらっと背が高く、中性的な顔立ちに柔らかな声を持った方だった。

さらさらした明るい色の髪。白いコットンのワイシャツにはきれいなチノパンを合わせ、紺のジャケットを手に持っている。

「正確に言うと、又従兄なんだけどね。親族の集まりのとき、予定が合わなかったんだ。これがはじめましてだね、桃子ちゃん」

彼はロビーまで迎えに降りた私を見るなり、ソファから立ち上がってにっこり笑った。ということは私の顔を知っていたのだ。

部屋に戻るエレベーターの中でそのことを尋ねたら、彼が微笑んだ。

「だって、久人にさんざん自慢されたもの。写真を見せられて」

「えっ、なんて……」

「かわいいでしょ、俺の嫁さんだよって」

わあ……。

「なーんて話を聞いたくらいで、真っ赤になってニッコニコだもんなあ、こりゃかわいいね」

「久人さん、私にはあまり、そういう言葉をくださらないので……」

「えー？　そりゃダメだね、あいつめ」

「いえっ、あの、言葉以外では、くださるんです、すごく」

あれ？　……私、今なにを言った？

樹生さんが私を見下ろし、やれやれとばかりに肩をすくめる。

「それは失礼しました」

私は顔を赤らめた。

「いえ……」

「こりゃ、久人からもなに聞かされるかわかんないなあ」

これ以上失言する前に着きますように。

背後から冷やかしの視線を浴びながら、私は頭上の階数表示をにらんだ。


「なんで俺が突然押しかけてきたみたいになってんだよ、約束しただろ」

「桃に言うの忘れてた……」

リビングに案内し、アイスティーをいれたあたりで、久人さんがシャワーから上がってきた。黒いポロシャツにチノパン姿で、樹生さんの向かいのソファに座る。髪は濡れたままだ。

彼の前にもアイスティーを置くと、「ごめん」とすまなそうに言った。

「言うの忘れてたし、今日がその日なのも忘れてた。ダブルでごめん、桃」

「片方は俺にごめんだろ、それ」

「なんの用だっけ？」

「食事会の相談だよ！　お前が俺に、仕切りを任せたんだろ！」

久人さんは、「はいはい」といなして黒い手帳を開く。アイデアを書き留めるときと話し合いをするときはアナログ、というのが彼の主義だ。

トレイを持って立ち去ろうとしていた私の頭の中を、食事会、という響きがふわふわ漂う。それが着地したとき、私は叫んだ。

「いやー!!」

「わあっ!?」

久人さんたちが、びくっと反応する。

「どうしたの、桃」

「忘れてました……!」

「え、この夫婦、いろいろ忘れすぎじゃない?」

「忘れてたって、なにを?」

私は青くなり、へたへたとラグの上に座った。

「お食事会のことをです……」

ふたりの視線が注がれる。

やがて樹生さんが、「ありゃ」と気の毒そうに言った。

＊　＊　＊

キッチンでデザートの用意をしていると、樹生さんがやってきた。

「お疲れさま、一週間でよく準備したね」

「準備、できてましたか……」

頭の中は段取りでいっぱい、デザートの仕上げで手元もいっぱいいっぱいの私は、泣きそうな声で尋ねた。

品のあるループタイにベスト。身内のきちんとした食事会にふさわしい服装の樹生さんは、にこっと笑って親指を立てた。

「満点。メインをオーブン料理に振り切ったのが英断だね、桃子ちゃんも席について、ゆっくり彼らと話すことができた。このプランは二重丸！」

〝彼ら〟というのは、久人さんのご両親だ。

私はそっとダイニングをのぞき、久人さんとご両親が歓談しているのを確認した。

「久人さんのアドバイスなんです。無理にコース仕立てにしなくていいよって」

「そのとおり。あの人たちは純粋に、息子とその嫁との食事を楽しみたいだけだ。なにかを見定めてやろうなんて魂胆《こんたん》はない。省ける手間は省いたらいいんだよ」

新居での食事会について、熱を出すまではあれこれ考えていたのだ。

準備に使うはずだった週末は寝込んで終わった。どうしようかと蒼白になっていたところに、久人さんが、『むしろホームパーティみたいなほうが物珍しくて喜ぶよ』と教えてくれたのだった。

色とりどりの野菜と肉、魚を並べてグリルした、簡単だけど華やかな見た目のメインに、事前に作っておけるマリネサラダ。久人さんが一週間、みっちり作りかたをコーチしてくれたリゾット。

「あーやっぱり。久人の味だと思ったんだ」

「デザートはがんばったんです。お菓子は昔から作るので」

「どれもおいしそうだなー。運ぶよ、きみは飲み物をお願い」

「はい」

ガトーショコラ、どら焼き、フルーツカクテルというてんでんばらばらのスイーツが並んだトレーを、樹生さんが軽々と持ち上げ、ダイニングへ向かう。

私は紅茶とコーヒーの用意をして、あとを追いかけた。

「事業のほうはどうなんだ、久人」

「今力を入れているところは、順調です。あと少しで軌道に乗りますね」

「小難しい話はやめてちょうだいよ、男の人ってすぐそうやって、たいした人物ぶろうとするのよね。ああ子どもっぽい」

食事が終わり、テーブルではにぎやかな会話がくり広げられていた。

「本当に、男はくだらないものですね、伯母さん。気分を変えて、ほら、桃子さんの心のこもったデザートですよ」

樹生さんがテーブルの真ん中にトレーを置くと、歓声があがった。お義父さまも相好を崩しているのを見て、ほっとする。

「私がどら焼きなんてものを好きだと、だれかがばらしたんだね」

「こしあんで作ったんです。いつも苦労してお探しとお聞きしたので。お茶をご用意しましょうか？」

「いや、コーヒーと一緒にいただくのが、また自慢できない嗜好《しこう》でね」

麻のジャケットでいらしたお義父さまは、去年還暦を迎えたところだ。白いものが混ざりつつある髪を清潔にカットし、おしゃれでハンサムで、俳優みたい。

「ガトーショコラは私の好きなものね！」と明るい声で笑うお義母さまは、お義父さまより少しお若く、落ち着いた美貌《びぼう》と明るいお人柄の、かわいらしい方。

ビュッフェタイプのスイーツは、ミニサイズにして数をたっぷり用意した。ふたりとも健啖《けんたん》家で、またたく間にトレーは空になった。

リビングに移り、ゆっくりとコーヒーカップを傾けながらのひととき、お義父さまが私たちに微笑みかけた。

「ふたりが驕《おご》らず、寄り添って暮らしているのが、住まいから伝わってくるよ」

「すてきな家庭を築けてよかったわね、久人」

「父さんたちのおかげです。それと仲人さん」

彼が言っている仲人とは、私にお見合いをすすめてきた母方の叔父だ。今となっては本当に、感謝しかない。

久人さんはにこっと私に笑顔を向け、「今日はお疲れさま、ありがとう」と、カップに添えていた私の手を軽く握った。

私は彼らの会話を聞きながら、内心で首をひねっていた。

ずっと感じていた、久人さんとご両親との関係の不思議。

すごく礼儀正しいのだ。

よそよそしくはない。親しげで愛情にあふれているのを感じる。だけどそれは、たとえるなら会社の上司と部下みたいな、一定の線が引かれた愛情だ。

久人さんがご両親に向ける視線は、尊敬と親愛に満ちているし、ご両親も息子の幸せを心から喜んでいるのがわかる。

だけど、これが家族の団らんの会話かな、と思ってしまうくらいには、距離がある。

久人さんは、どんな人が相手でも、打ち解けるツボをすぐに心得て、するっと懐に入っていくのがうまい。

それを知っているだけに、ご両親を前にした彼の姿は、違和感があるのだった。

「あーもう、お疲れさま！　ほんとに！」

ご両親をエントランスまで見送って戻るなり、久人さんがソファに私ごと倒れこみ、頭をぐしゃぐしゃになで回し、抱きしめて熱烈なキスを降らせた。

うわ、わ、待って、待って。

「あの、洗面所に樹生さんがまだ、いらっしゃいますし」

「手伝わなくてごめんね、大変だったでしょ、でも最高のもてなしだったよ」

身体を離し、久人さんが私を見下ろす。逆光になった彼のうしろに、天井のランプシェードが見える。

『俺が手伝わないほうが、桃の評価が上がると思う』と言って、当日は手を貸さないと決めたのは久人さんだ。その代わり、樹生さんが進行役をしながら、キッチンも気にかけてくれた。

「きっとあとでお礼状が来るよ。なんて書いてあるか楽しみだね」

彼もそれなりの緊張から解放されたんだろう、機嫌よく、また顔を寄せてきたので、必死で肩を押し返した。

「い、樹生さんが……」

「じゃ、これで最後」

チュウ、と漫画みたいなおどけた音をさせて、久人さんは私の唇にキスをした。

最後にお義父さまと開けていたウイスキーの味がする。

こういう戯《たわむ》れにまだ慣れない私は身体を硬くし、目をぎゅっと閉じていた。

「おーい、片づけ、手伝ってくよ」

廊下から声がする。久人さんはようやく私の上からどき、「俺がやるよ、桃と遊んでてやって」と返事をした。

……いつもの久人さんだ。

私は髪を直しながら、彼の背中を見つめ、少し安心した。

＊＊＊

「なるほどね。家族の形もいろいろだから、難しいわね」

「そうなの」

翌日の日曜日、久人さんが仕事で出かけている日中、千晴さんを家に招いた。

はじめて新居を訪れた彼女は、あちこちのドアや引き出しを開け尽くしたあと、『浮わついてなくて、幸せそうなのがわかるわ』と久人さんのご両親と同じようなことを、なぜか悔しそうに言った。

「それより、熱を出してたなんて、知らなかったわよ」

「ごめん、知らせるタイミングがなくて……」

引っ越し祝いにと持ってきてくれた、私の大好きな茶葉でティータイムだ。昨日評判だったガトーショコラを再び焼いておいて正解だった。

「なにかあったら真っ先に頼ってくれてたのに……」

「ごめんったら」

ダイニングで、よよと芝居がかった泣きまねをする千晴さんの肩を叩く。

「具合の悪い桃子なんて想像つかない。よほど気が張ってたのね」

「気が張ってたっていうか、張り切りすぎたっていうか……」

「家でも職場でもあの旦那さまと一緒なんでしょ、大丈夫？　ストレス溜まってない？　夜、疲れてるのに無理強いされてたりしない？」

私はブッと紅茶を噴き出した。

千晴さんは本気で心配しているようで、目を潤ませている。

大丈夫、毎晩ぐうぐう寝てるよ……と言ったら言ったで別の心配をされそうなので、黙っておくことにした。

その点、樹生さんは鋭かったのを思い出す。

久人さんが洗い物をしている間、私と一緒にお菓子をつまんでいた彼は、こちらをじろじろ見て『まだ夫婦じゃないでしょ』と言ってのけたのだ。

そして、なにも答えられずに玉の汗をかく私に、優しく笑った。

『あいつがそこまで大事にするなんてね』

『いえっ、あの、私のほうが、その、無知すぎて、久人さんもお困りというか』

『困るもんか。かわいくて仕方ないんだと思うよ。さいわいこれまでの人生で、女の子なんか食い尽くしてるから、余裕もたっぷりあるしね』

食い尽くし……。

『桃子ちゃんも、どうかあいつを大事にしてやってね』

にこ、と微笑まれ、『はい、もちろん……』とうなずきかけたとき、それより先に、樹生さんがふと目を伏せて続けた。

『久人の代わりに』

樹生さんは久人さんの、一歳上だ。昔から、仲のいいお兄さんのような存在だったのだと、久人さんから聞いた。

――久人の代わりに。

あれは、どういう意味だったんだろう。

「ただいまー」

玄関から久人さんの声がした。予定より早い。

すぐにダイニングに顔をのぞかせ、「いらっしゃい」と千晴さんに笑いかける。

「お邪魔してます、いいお住まいね」

「どうも。着替えたら僕も一杯おつきあいしていいですか」

久人さんが廊下へ消えると、千晴さんは「相変わらず感じのいい男ね」と舌打ちしながら褒めた。複雑な親心だ。

「あー、結局飲まされちゃった……」

千晴さんが帰ったあと、久人さんはリビングのソファで伸びていた。

「自分があまり強くないので、飲ませる技術が磨かれたんですって、千晴さん」

「ほんとそれだよね、飲ませ上手……」

夕食前という半端な時間に飲んだので、お腹が空っぽで回りやすかったらしい。決して弱くない久人さんが、珍しく酔っぱらっている。

「名刺、書斎に置いてきますね」

「うん、ありがと」

どうやら千晴さんと久人さんには、共通の知りあいがいたらしい。ほかにもだれかいないかと、名刺入れを引っ張り出してきて、ここにもいたとか、あの人は今なにをしているのとか盛り上がっていた。

千晴さんはああ見えて、バリバリの女社長なのだ。旦那さんが起こした事業を、亡くなったときに継ぎ、社員さんと二人三脚で盛り立てている。

書斎はかすかに煙草の匂いがした。

掃除にもよく入っている部屋だ。私はまっすぐデスクへ行き、ＰＣのすぐ横のわかりやすい位置に名刺入れを置いた。

足元でカサッと音がして、三つ折りの書類が落ちているのが見えた。拾い上げて、それもデスクの上にのせる。戸籍謄本だった。

婚姻届けを出す際に、取り寄せたものの予備だろう。私も念のためというよりは物珍しさから、二通申請したっけ、と微笑ましくなったとき、記載事項に目が留まった。

「養子縁組……」

『縁組日』とあるのは、二十年前の日付だ。『養子の従前戸籍』には、都内の住所と、まったく知らない女性の氏名。

あれ……。

リビングに戻ると、久人さんはソファで横になり、うとうとしていた。長い脚を片方の肘掛けに投げ出して、片腕を枕に目を閉じている。

「久人さん……」

「ん」

そっと声をかけると、すぐに目を覚ました。

「夕食、作ったら入ります？」

「んー……つまみで腹いっぱいだから、今日はもういいかな」

「お風呂は……」

「寝ちゃいそうだから、やめとく」

肘掛けに頭をのせて、さかさまに私を見上げ、にこっとする。

話が終わったのに私が立ち去らないのを訝《いぶか》ったのか、やがて身体を起こした。

「どうしたの？」

「あの、これが落ちていて、見てしまったんです。すみません」

戸籍謄本を見せると、「ああ」と目を見開く。

「どこにいったかなと思ってた。もう使わないから、捨ててもらっていい？」

「……内容について、お聞きしてもいいですか？」

私は一歩、近づいた。久人さんはきょとんと、ソファの上から見上げてくる。

「内容？」

「お生まれとか、そういえば伺ったことがないなと思ったんです……それは、その」

〝養子〟という言葉が、当人をどの程度傷つけるものなのかわからず、ためらった。

「あの、久人さんと、お義父さまたちは……」

「あっ、その話か」

口ごもる私と対照的に、久人さんはあっさり話を引き取った。

「うん、俺は養子だよ、父さんとも母さんとも、血のつながりはない」

「……そうなんですか」

「手続きをしたのは、十歳になるかならないかのころかな」

「それまでは、久人さんは……？」

「施設にいたよ」

久人さんが、なにも気にしていないようなので、今を逃したらもう聞く機会がない気がして、次々に聞いた。

──本当のご両親は？

──もういない。

──どうして……。

──事故で亡くなったらしいよ、桃と同じだね。

──覚えてますか？

──覚えてない。そこは桃と違うね。

久人さんはいやがる様子もなく、快く全部に答えてくれる。

だからこそ、私の心はざわついた。

「私には、言いづらかったですか……？」

「え？」

手の中で、謄本の写しが折れ曲がる音がする。

「大事なことだと思うので、できたら、入籍前に、お聞きしたかったです」

これで、ご両親との距離感の謎が解けた、なんて単純な話ではないと感じた。

あの違和感は、血縁がないことだけが理由じゃないと思う。

久人さんが、ぽかんと目を丸くした。

「なんで？」

ざわざわ。彼と出会ってはじめて、こんなに不安になった。

硬い地面だと信じていた足元が、さっと砂地に変わったような感覚。指の間から、濡れた砂粒が泳ぎ出ていくみたい。

久人さんの顔には疑問しか浮かんでいない。過去を掘り返された苛立ちとか、食い下がる私への腹立ちとか、そんなものは一切ない。

なぜ私が、もっと早く教えてほしかったと言っているのか、わからない。

心の底から、そう思っている顔だった。

あなたのなんですか

どうして突然、フルで秘書業務を務めることになったのか、やってみてわかった。

久人さんが出社を減らしたのだ。

ほかの会社で忙しくしているらしく、そのぶん私たちのフォローが密でないと、このコンサルティングファームでの仕事が追いつかない。

「御園さん、よかったら一緒にお昼行きません？」

昼休み、執務室から出たところで、管理部門の女性が声をかけてくれた。庶務業務を一緒にしている方だ。

「はい、ぜひ」

「お茶漬けのお店が近くにできたの、行ってみましょうよ」

去年ここに入ったという三歳上の彼女は、ほわっとした笑顔を見せ、エレベーターのほうへ私を手招きした。

「御園さんて、高塚アドバイザーの奥さまなんですよね？」

「はい、同じ会社に来たのは偶然ですけど」

「あはは、それも噂になってました。どれだけ引き寄せあってるんだよ、って」

「そういうわけでは……」

真新しい木の香が漂うお店で、頼んだものが来るのを待つ間、そんな話になる。

涼しすぎるくらい冷房が効いていて、私は持ってきたカーディガンを羽織った。

「アドバイザーって、どんな方ですか？　私たちには雲の上の人すぎて、じつはあんまり生態がつかめてなくて」

「生態！」

彼女の言うとおり、久人さんは仕事上、各チームのリーダークラスの人としか直接は関わらない。

「ガンガン案件を取ってくるから、営業力も人脈もあるっていうのは伝わってくるんですけど。すごくいい人～みたいな話も聞くし、仕事の鬼っていう話も聞くし」

「うーん、そうですねえ……」

たしかにどのタイミングを切り取るかで、どちらの評価になってもおかしくない。

……久人さんって、どんな人？

少し前までの私なら、すんなり答えていただろう。

明るいです。優しいです。いつも自信たっぷりで、なんでもできて、仕事には厳しいですが、冗談も好きで……。

それが、本当に彼のすべて？

どうしても言葉が出てこないのを、照れているせいだと思われたらしい。

「仲がいいと、かえって説明が難しいかもですね」

そう解釈してくれた彼女に、笑い返すことしかできなかった。


『今日は遅くなる。ごはんもいらないから、先に寝てて』

「はい。お気をつけて」

夕方、帰り支度をしていたところに久人さんから電話があった。

忙しいらしく、用件だけの会話で、慌ただしく切れた。

私はあくまでこのファームの秘書なので、久人さんがほかの会社でどんな仕事をしているのか、まったくわからない。

彼からは一日に一、二度、彼のスケジュール調整の連絡が来るくらい。それもファームの仕事に影響がある場合だけだ。それ以外のスケジュール変更が、私の預かり知らないところで山ほど行われているに違いない。

膝にバッグを抱え、思案した。夕食の準備をしなくていいとなると、急に時間が余る。ひとりで食べて帰ろうか。

ドアがノックされた。慌ただしい音だったので、続き部屋から飛び出したら、同時に次原さんが飛びこんできた。

「社員から問いあわせが来たりしていませんか？」

「はいっ？」

バッグを握りしめたまま、私は目を丸くした。次原さんはドアを振り返り、髪をかき上げて、ふうっと息をつく。いつも冷静な彼の、こんな様子は珍しい。

「あの、どうかされましたか？」

「高塚さんがこの会社を離れるという話が、漏れてしまったんですよ」

「久人さんが、離れる？」

どういうこと？

漏れてしまった、というからには、それは事実なのだ。そして、久人さんと次原さんの間では、既知《きち》の事実だったということ。

「離れる、っていうのは……」

呆然と尋ね返す私に、次原さんのほうが驚きを見せた。

「お聞きになっていないんですね」

「はい」

「どうしてだろう、御園さんは真っ先に知っておくべき方だと思うのですが。高塚さんは今期限りでこの会社から手を引きます」

「今期限り、ですか」

ということは、あと二カ月ほどしか、ここにはいないのだ。

「あの、それは、なぜ……」

「もともと軌道に乗るまでの約束でしたから。今後はお父上の会社に入るはずです。大事な後継者ですからね」

お義父さまの……。

彼が社長を務めているのは、財閥解体後の高塚グループの中核をなす商社だ。

久人さんが、そこに入る。

そんな大事なことを、どうして私は、知らないんだろう。

次原さんは、久人さんが伝え忘れた程度に考えているらしく、「あの人も仕方ないですね」と息をついている。

だけど私の心中では、もっと激しいものが渦巻いていた。

「お帰りなさい」

「わっ、びっくりした」

鍵の開く音を聞きつけ、玄関で待ちかまえていた私に、帰宅した久人さんがぎょっとした。

夜の一時過ぎ。最近、彼の帰りはいつもこのくらいだ。

「お疲れさまです、あの、お聞きしたいことが」

「うん？」

脱いだ靴にシューキーパーを入れながら、久人さんが振り向く。

こういうのもやらせてほしいと同居初期に言ったのだけれど、革靴の手入れで男の格が云々《うんぬん》と説明を受け、突っぱねられてしまった。

「今のファームを辞められるというのは、本当ですか？」

「あれっ、聞いたんだ」

久人さんは革靴をシューズボックスに入れると、一度書斎に消え、鞄と上着を置いてまた廊下に出てきた。そのまま洗面所に入っていく。

「会社で噂になっていて……」

「そっか、早かったな。じゃあ明日にでも通達を出したほうがいいね。桃、次原と書面の準備をしてくれる？」

ワイシャツの袖をまくり、石けんで手を洗いながら、彼は私に微笑みかけた。

「はい、それはもちろん」

「助かる、ありがと」

それ以上、彼のほうから言葉はなかった。

「あの、久人さん」

「ん？」

「なぜ、私には、そのお話が知らされていなかったんでしょうか……」

言いながら、なんてみじめな台詞《せりふ》だろうと思った。久人さんが「え？」とまったく悪気のない表情で驚いてみせたので、ますますみじめになった。

「社内に告知するタイミングで、言おうと思ってたよ」

「でも一応、秘書ですし、事前に教えていただければ、お手伝いも……」

「桃は、あくまでファームに帰属する秘書だからさ。俺の専属っていうなら、当然もっと早く教えたと思うけど、そうはいかないじゃない？」

あまりに予想と違う受け答えが返ってきたので、私は混乱し、次に聞くべきことを忘れてしまった。えっと、ええっと……。

「その、お義父さまの会社に入られるんですよね？　でしたら、プライベートのほうでも、無関係ではないと思うんです」

久人さんはネクタイをほどき、収納の中にあるクリーニングボックスの中にぽいと入れた。それから、しつこい私に気を悪くした様子もなく、笑みを浮かべる。

「うん、だからそれも、そのうち言おうと思ってたよ？」

ダメだ。

彼が出ていったあとも、私は呆然と洗面所に佇んでいた。

あれ……私が変なの？　べつに、なんでも一番先に知りたいと言っているわけじゃない。でも、公の通達よりは先に知っていたい。知る権利もある、と思う……。

それって、こんなに伝わらないほど、おかしいこと？

震えるほど怖い。

これだけのずれがあっても、久人さんが、まったく冷たくないことが。

私の欲しがっているものを、理解すらできないみたいなのに、変わらず優しく、温かく、包みこんでくれていることが。

久人さん。

私は、あなたの、なんですか……？

＊　＊　＊

樹生さんが予約してくれたのは、落ち着きすぎず、ほどよくにぎわいのあるダイニングバーだった。店内はダークなライティングで、私はさっそく、入ってすぐの段差を踏みはずしそうになった。

「おっと」

まるで読んでいたかのように、久人さんが腕を取り、支えてくれる。

「す、すみません。ありがとうございます」

「やると思ったー」

あはは、と笑う顔には、一点の曇りもない。数日前の、私とのやりとりなんて、彼の中ではただの問い合わせと返答くらいの認識なのかもしれない。

あれから久人さんの離脱が社内に告知されると、私は方々から『一緒に辞めちゃうんですか?』と聞かれた。『いいえ』と答えるたび、久人さんとの会話を思い出し、気が滅入った。

今日もファームには顔を見せなかった彼は、『あのバーは入り口がわかりにくいから』と言って、わざわざ私と駅で待ち合わせてくれた。

その優しさは、あるのに。

「久人、桃子ちゃん、こっち」

奥のゆったりとしたテーブル席から、樹生さんが手を振っている。久人さんも手を振り返し、私の手を引いてそちらへ向かった。

「遅くなったけど、食事会お疲れさま」

樹生さんの声で乾杯をした。私はカクテル、ふたりはウイスキーの水割りだ。

「仕切りありがとね、樹生。父さんたちから礼状が来てさ、終始楽しい時間だったって、大好評だったよ」

「そりゃよかった。桃子ちゃんの奮闘の成果だね」

「ありがとうございます」

私もグラスを合わせる。「アペタイザーは頼んでおいたよ」という樹生さんの言葉のとおり、すぐにカナッペやカルパッチョが運ばれてきた。

樹生さんといるときの久人さんは、くつろいでいる。ご両親の前とは違う。

身長があるぶん、食べる量も多い彼らは、メニューを吟味《ぎんみ》しながら、楽しそうに近況報告をしあっていた。

「久人もいよいよ伯父さんのところに入るんだろ？　善戦しような」

お腹もふくれ、あとは飲むだけとなったころ、樹生さんがテーブルの上の久人さんのグラスに、自分のグラスをカチンとぶつけた。久人さんがグラスを持ち上げ、「よろしくね」と笑む。

「樹生さんも、同じ会社に移られるんですか？」

「そうだよ、これから一生かけて久人のサポートをするのが、俺の使命」

樹生さんも、グループとは関係ない会社にお勤めのはずだ。ふたりそろって、一族の企業に入るということか。

久人さんがグラスを揺らしながら、隣に座る私に説明する。

「そういう約束なんだよ、幹部候補として修業する時期が来たら、決まった会社に入る。勉強することは山ほどあるからね」

「もったいない気もしますね、おふたりとも、今の会社で活躍されているのに」

「それが決まりだもん。そのときまでに結婚しておけっていうのも、決まり」

なにげない口調で久人さんは言った。

えっ……。

「本当は入社までもう少し猶予《ゆうよ》があるはずだったんだけど、会社が若返りを望んでるらしくてね、数年早まったんだ。樹生はその点、はやばやと結婚してたから、慌てる必要なかったんだよね」

さすがだよなあ、とため息をついて頬杖をつく。

そういういきさつだったんですね、と一緒に笑うべきだったんだと思う。久人さんの口ぶりに、結婚自体をいやがる様子も私を疎《うと》む様子もない。

だけど。

思わず顔をこわばらせた私に、さすが樹生さんは気がついた。気づかうような視線をもらってはっとし、私は慌ててごまかした。

「樹生さん、ご結婚されていたんですね」

「あ、ごめん、それも言うの忘れてた」

久人さんが、しまったという感じに軽く眉を上げる。樹生さんは、私を追及することはせず、「俺に関することだけ忘れすぎだろ」とぼやいた。

「親族の情報を知らなくて、困るのは桃子ちゃんなんだぞ」

「樹生は最後でいいかなって」

「あのな！　桃子ちゃん、今度うちの嫁とも会ってやってね。子どもがいてもよければ、家に来てくれたら喜ぶよ、人をもてなすの、好きだから」

いかにも仲のよさそうな、くだけた会話。

お子さまもいるんですか、なんて話をふくらませながら、私の心はよそにあった。

最初から久人さんは言っていたじゃない。事情ができて、すぐに結婚しなきゃいけなくなったんだって。だれでもよかったんだって。

——俺、結婚したのが桃でよかったよ。

よみがえる優しい声と、ぬくもり。

だけど今の私には、彼が言わなかった続きが聞こえる。

——桃じゃなくてもよかったけど。

身体の中ががらんどうになったみたいに、心臓の音がドクンドクンと響く。

どうしよう、つらい。自分の存在の軽さが、じゃなくて。久人さんとの間に、埋まらない、なにかの欠落があることが。

夫婦って、なんだっけ……。

そのとき、バッグの中で携帯が震えた。確認したら、ただの広告メールの通知だったのだけれど、なにかが私にささやいた。

ごめんなさい、よくないとわかっていますが。

「あの……、すみません、ちょっと外で、電話してきます」

携帯を握りしめ、バッグを持って、ふたりに断った。久人さんは「うん」とにこやかに承諾し、椅子を引いて私を通してくれた。

罪悪感を押し隠して、お店の外に出た。

外はむっとした湿り気を帯びた夏の夜だった。二十一時を回ったところだ。飲み場所を探す人々が漂っていて、無性にほっとした。

十分くらい、席に戻らなくても許されるだろう。頭を冷やそうと、石畳の道を、あてもなく歩き出した。

「御園さん？」

いくらも行かないうちに、すれ違った男性に呼び止められた。

振り返った先で、スーツ姿の男性が朗らかな笑みを浮かべている。一瞬記憶を探り、だれだか思い出した。

「あ！」

「お久しぶりです、新しい会社は、いかがですか」

転職活動のときにお世話になった、エージェントのキャリアアドバイザーさんだ。

未経験で異業種を希望していた私を無謀だと笑うこともなく、ぴったりの求人情報を見つけ、今の会社に入る後押しをしてくれた。

私ははじかれたように頭を下げた。

「その節はお世話になりました。おかげさまで充実しています」

「それはよかった」

さっぱりした顔が、にこっと笑う。

体操のお兄さんみたいだな、とお世話になっていた間、思ったのを思い出した。

「事前に聞いていた待遇と違ったりしたら、僕たちのほうから申し立てることもできますから、遠慮なく教えてくださいね」

「ありがとうございます。さいわい、聞いていたよりもいいくらいで……」

そこで、ふと思いついた。

「私が退職したりしたら、エージェントさんにもご迷惑がかかりますか？」

「ん？　それは、ただちに、ということですか？」

「ええと、はい。あくまで、たとえばですけれど」

うーん、とアドバイザーさんが腕を組む。

「ぶっちゃけたところを申し上げますと、転職後一年間は、我々はクライアントさんに対し責任があります。我々の斡旋《あっせん》した方がその期間内に辞めたり、問題を起こしたりした場合、クライアントさんは『話が違うじゃないか』と我々に対して言うことができます」

へえ……、そういう仕組みなのか。

アドバイザーさんがひとつうなずき、続ける。

「ただしそれは、かなりの例外です。だれにも事情がありますし、会社を移る権利だってある。今すぐ御園さんが辞められたとしても、半自動的に我々に情報は入ってきますが、会社と円満でしたら、なんの問題にもなりませんよ」

「なるほどです……」

「なにかお力になれますか？」

ちょっと首をかしげ、彼が聞く。

そうか、人が勤め先を辞めたくなったとき、彼らの出番なのだ。

久人さんがいなくなるのなら、もしかして私もお役御免になる流れが来たりするのかなと思っただけだったのに、気を持たせてしまった。

「いえ、すみません、ただお聞きしてみたかったんです」

「なにかありましたらご連絡くださいね。そうだ、部署名がちょっとばかり変わりましたので……」

アドバイザーさんが、上着の内ポケットを探る。ついでに、道の真ん中で立ち話をしていた私を左手で招き寄せ、端のほうに連れていった。

その薬指に銀色の指輪が見えた。私の視線がそこに釘づけになったことに、彼も気づいたらしい。自分の指輪をちょっと眺め、「なんですか？」と不思議そうにした。

「……もし、ご自身が会社を辞めるとなったら、奥さまにご相談します？」

「えっ？」

片手で私に名刺を差し出し、もう一度左手の指輪を見つめる。

「そうですね、もちろんします。相談というより、報告になるかもしれませんが」

「報告だとしたら、何番目くらいですか？」

「何番目？」

「真っ先に奥さまに報告なさいますか？」

名刺を受け取りながら重ねて聞くと、アドバイザーさんは、「ああ」と納得した様子を見せた。

「それでいくと、限りなく真っ先に近いですね。じつは妻も同業でして。キャリアの話に限って言えば、最初に報告したい相手かもしれません」

「信頼、されてるんですね……」

「まあ、そうでなくても家族ですし。年収や勤務体系が変わるタイミングでも、すぐに共有してきましたよ。自分だけの話じゃありませんから」

涙が出てきた。

――俺だって、奥さんの勤め先くらい、いつも頭の片隅にあるよ。

そう言ってくれましたよね、久人さん。

私の情報は、把握しておく必要があると思っているのに、その逆は許してくれないんですね。私は久人さんのなにもかもを、知っている必要はないんですね。

私の力も手助けも、あなたは求めていないんですね。

それじゃ私、まるでペットです。

ねえ久人さん。夫婦ってなんでしょう。

「う……」

「あれっ、わ……御園さん」

こらえきれなくなって、うつむいて涙を拭う私に、アドバイザーさんの慌てた声が降ってくる。

悲しい。悔しい。どうしたらいいのかわからなくて、気持ちは絶望に近い。

「どうしたんです、やっぱりなにか、つらいことでも……」

「桃!!」

……えっ。

名前を呼ぶ大きな声に、私は顔を上げた。

相変わらず、人がたゆたう夜の街。その中でひとりだけが、足を止めてこちらをにらみつけている。

「久人さん……」

私の顔を見て、久人さんは目を見開いた。数歩の距離を駆けて、すぐそばまでやってくる。バーから走ってきたのか、肩で息をしている。

「泣いてるの、桃」

「あっ……、あの、これは」

「お前、だれ」

えっ、とアドバイザーさんのうろたえた声がした。久人さんが彼の襟元をつかみ、乱暴に引き寄せる。私はびっくりして、久人さんの腕にすがった。

「久人さん、違います」

「なにも違わないし。こいつといて、桃が泣いてる。それだけでしょ」

アドバイザーさんが、ようやく私たちの関係を理解したらしく「あっ」とほっとしたように言う。

「御園さんのご主人ですか？　お世話になって……」

「たしかに俺は桃の夫だけど、お前の世話なんかしてないよ」

「久人さん！」

あまりの言いように、思わず声が荒くなった。

彼に向かって、そんな声を出したことはなく、久人さんは驚愕の表情で私を見やり、動きを止めてしまった。

「あっ、あの……」

どう取りつくろえばいいのかわからず、おろおろする私をじっと見つめ、やがて久人さんは、アドバイザーさんから手を離した。

「こいつをかばうの」

「そういうことではなくて……」

久人さんの顔がゆがむ。

私は当然、彼が怒っているのだと思った。だけどちょっと違うと気づいた。

最後にアドバイザーさんに一瞥《いちべつ》を投げ、久人さんは来た方向へ戻っていってしまった。ワイシャツ姿の背中が、人波にまぎれて消えるのを呆然として見送った。

軽い咳払いが聞こえ、はっと我に返った。

必死の思いでアドバイザーさんに頭を下げる。

「申し訳ありません、あの、お、夫が、失礼を……」

「いえいえ、旦那さん、誤解されたのでは？　早く行ったほうが」

「誤解……」

彼は気を悪くした様子もなく、襟を直しながら、久人さんが消えた方角を指さした。

「愛されてますね」

「えっ」

「だって旦那さん、すごく傷ついた顔されていましたよ」

私は彼が差したほうへ顔を向けた。

傷ついていた。

やっぱりそう見えたんだ。私だけが感じたんじゃなかった。

久人さん、あらためてお聞きしたいです。

そうしたら教えてくれますか。

私は、あなたのなんですか？

久人さんを追いかけてバーに戻ったら、行き違いになったらしく、彼はもういなかった。ぽつんと残っていた樹生さんが「帰っちゃったよ」と肩をすくめた。

その足で、私もマンションに帰った。

玄関を開けたら、まず目に飛びこんできたのが、脱ぎ捨てられて転がった革靴だった。私は笑ってしまった。久人さんがこんなことをするのを見たことがない。

書斎のドア下の隙間から、光が漏れている。私はドアをノックした。

「久人さん、入ってもいいですか」

返事がない。

「入りますね」

そっとドアを開けた瞬間、煙たい空気に包まれる。

八畳ほどの書斎は、ゆったりしたデスク、天井までの本棚、そして休憩や仮眠のためのカウチが置いてある。

あまりの煙たさに、思わず顔の前を手であおいだ私は、久人さんがカウチに寝そべり、こちらを見ているのに気がついた。

足を肘掛けにのせ、頭の下にクッションを入れて、煙草をくわえている。顔つきは、不機嫌であることを隠そうともしていなかった。

「……私も、座ってもいいですか？」

久人さんは私をじっと見つめ、やがて無言で身体を起こし、私が座れる場所をあけてくれた。

だけど隣に座っても、黙々と煙草を吸うばかりで、なにも話してくれない。

こらえきれず、また笑ってしまった。

それまでむすっとしていた久人さんも、私に横顔を向けたまま、ふっと噴き出した。自分で自分にあきれているみたいに、煙草を持った手を額にあてて、目をそらして苦笑している。

「ごめん」

「なにがです？」

なにか言おうとする様子を見せたものの、彼の口から言葉は出てこなかった。

久人さんはちょっと困ったように眉根を寄せ、サイドテーブルのほうへ手を伸ばし、灰皿に煙草を捨てる。

「それが、じつのところあんまり理解できてなくて」

「理解できてないのに謝っちゃったんですか？」

「桃が店を出てったあとで、樹生に怒られたんだよ」

なるほど、だから私を追いかけてきたのか。

「俺、無神経だった？」

久人さんが、おそるおそるといった感じにこちらを見る。私がなにも答えずにいるのを肯定と受け取ったらしく、さすがにその顔に、反省の色が浮かんだ。

「ごめん、一族の会社に入るのは、俺が高塚にもらわれた目的そのものでもあるわけでさ……。あたり前すぎて、あらためて説明するようなことじゃなかったんだよ」

「私は高塚家に入ったばかりですので、そういう〝あたり前〟こそ教えていただかないと、困ってしまうんですよ」

「そういうことなんだよね、樹生にも言われた。考えてみれば、たしかに気が利かなかったと思う、ごめん」

私は、肩を落とす久人さんの手を握った。彼は、不思議そうに目をしばたたかせつつも、握り返してくる。

「なんでも話してください、というのは、わかりづらいですか？」

「うん、正直言うと、そう」

本当に、なにから話せばいいのかわからないんだろう、久人さんは心細げな顔でうなずいた。

「じゃあ、覚えている一番古い記憶を、教えてください」

片手を私に預けたまま、彼が宙を見つめて考える。思ったとおりだ。彼は私の要求には、なんの疑問も不満も持たず、可能な限り応えようとする。

「一番古い記憶……」

「施設だな」

「何歳くらいです？」

「わからないなあ。俺、三歳で預けられて、十歳で出てるんだ。だからその間のどこかってことになるけど」

「どんな記憶ですか？」

「ただの、毎日の生活の記憶。なにもかも時間や手順が決まってるから、ほんとに日々、同じことのくり返しなんだ。昨日と今日は、完全に同じ日。年齢が上がっても、季節が変わっても同じ。だからいつの記憶かもわからない」

内容のわりにあっけらかんとした口調で、久人さんは語る。「すごく覚えてるのはねえ」と彼が、あいているほうの手で上を指さした。

「ベッドの上の、天井のクロスが少しだけめくれてる景色。だんだんめくれが広がっていくんじゃないかって、俺はなんでか、すごく心配してた」

「わかる気がします」

「だから毎日見てたんだけど、案外なにも進行しなくて、結局最後まで、ちょっとめくれたままだったと思う。そういうつまらないことしか覚えてないなあ」

「お義父さまたちと出会ったときのことは？」

「覚えてる」

久人さんは、自分の手の上で、私の手をぽんぽんと弾ませる。無意識の仕草らしく、視線はどこか、前方にぼんやり据えられたままだ。

「あるとき施設に来て、『私たちと仲よくなりましょう』って感じに紹介を受けて、そこから一年間くらい、誕生日プレゼントをくれたり、月に何度か買い物とか、動物園とか、水族館なんかに連れてってくれたりした」

「それは……親子として、ですか？」

「そこまではっきりは言われない。こっちはうすうす気づくけどね。そういうものなんだよ、お試し期間があって、うまくやっていけそうなら引き取られる」

背もたれに体重を預けていた久人さんが、前屈みになり、私の手を両手で挟んだ。その手を口元に持っていき、祈るような仕草をする。

「じつは俺、その前にもひと組の夫婦と、そういう期間を過ごしたことがあったんだよね。でも半年くらいで会いに来なくなって、ああ俺は、〝不合格〟だったんだなって、子ども心に思った」

「だから父さんたちと会うようになったときも、まただれかが俺を見定めに来たんだなって思ってたんだけど、彼らはね、ちょっと、違って……」

彼はそこで、なにかに思いを馳せるように黙りこんでしまった。

なかなか話し出さないので、心配になって「久人さん」と肩をそっと揺すってみる。

「あ、ごめん」と言うものの、久人さんはどこかぼんやりした様子のまま、再びしゃべり出した。

「あるとき父さんが言ったんだ。『聡明なきみは、なぜ私たちがきみを欲しがるのかを知りたいだろうし、知る権利があることを承知してもいるだろう』。それから、ひとり息子を幼いころに亡くしていて、跡継ぎを探していると教えてくれた」

「……ショックでした？」

「全然。むしろ率直に打ち明けてくれてうれしかった。考えてみたら、当時彼らはまだ三十代だ。身寄りのない、施設育ちの十歳の子どもに、あんなに真摯《しんし》な態度をとることのできる人なんて、どれだけいるだろう」

そこでまた、ふと口をつぐむ。

「俺は、この人たちの息子になりたいと思った」

ようやくわかった気がした。久人さんの、育ての両親への深い尊敬と感謝。私が他

「久人さん……」

人行儀だと感じたものは、彼からのふたりへの敬意であり、礼節だったのだ。

――桃は、ご両親の思い出を、楽しそうに話すんだね。

久人さんも、お義父さまとお義母さまのことが好きなんだ。彼らが誇れる息子でありたいと思っている。自分を選んでくれたことを、後悔させまいとしている。

ふいに、久人さんが私の手を、きゅっと握り直した。

「……っていうのが、昔の記憶。でもね、このあたりのことって、自分のことじゃないみたいなんだよね。記憶っていうより、記録って感じ」

「そう、なんですか……」

夢から覚めたみたいに、久人さんの口調はいつもどおり、明るくて軽快だ。「そうなんだよ」と肩をすくめる姿は、どこか他人ごとですらある。

「高塚に入ってからの記憶は、昔の自分だなって思えるんだけどね。まあ実際、別人になったようなもんだし、仕方ないよね」

私はなんと答えたらいいかわからず、曖昧に微笑んだ。

久人さんは気にする様子もなく「というわけでね」と首をかしげて私を見る。

「俺はそもそもの存在意義が、跡継ぎであることなんだよ。ようやくその意義を果たせるときが来たわけ」

「はい、そこは理解しました」

うなずいた私に、妙に熱心な視線が注がれる。

「結婚も、たしかに、しなきゃいけないからしたんだけど、それは、嫌々したって意味でも、だれでもよかったって意味でもないよ。そこはわかるよね？」

「だれでもよかったって、当初おっしゃってましたよ」

「あ、そこ根に持つんだ？」

久人さんの顔がふてくされる。私は笑い、身体ごと彼のほうを向いた。

「今後は、久人さんに関することは、一番に聞きたいです」

「ん、それは……できるかな……」

「実際は難しいこともあると思います。ですから、私がそう望んでいるということを心に留めて、尊重していただければ、それでいいです」

一度困った顔をした彼は、私の希望をじっくり咀嚼するみたいに、しばらく考えこみ、やがて「わかった」と深々とうなずいた。

「約束する」

「ありがとうございます」

「その代わりっていうと、あれなんだけど。お前も約束して」

「はい？」

渋々といった感じに、久人さんがすねた声でつぶやく。

「俺以外の男と、あんまり親しくしないで」

あらまあ。

私はなんだか驚いてしまって、返事をするのを忘れた。唖然というか、呆然というか、開いた口がふさがらないというか、そんな感じだ。

私の状態を見て取った久人さんが、むっと不機嫌な表情になった。

「約束するの、しないの？」

「あっ、あの、します、もちろん。でもさっきの方は、転職エージェントのアドバイザーさんで……」

「だからなに？　泣きながら仕事の不満でも聞いてもらってたわけ？」

「泣いてたのは、久人さんのせいですよ……」

久人さんが「わかってるよ、そんなの」と噛みつく。あらら。こんな子どもみたいになる人だったのか。

「約束します。でも久人さんも信じてください」

「なにを？」

「私は久人さん以外の男の人に、心が動くことは、ありません」

彼を正面から見据え、はっきりと言った。

久人さんの目が驚きに見開かれ、それから和らぐ。照れながら「うん」と笑う顔は、はじめて見る表情で、子どもっぽくもあり、彼らしくもある。

「信じる」

愛しいと思った。

この愛しい人を、大事にしたいと思った。

久人さんが目を伏せながら、ゆっくりと顔を寄せる。私も目を閉じた。

重なる優しい唇。膝の上でつないだ手。

伝わってくる愛情は、間違いなく本物だ。私は大切にされているし、これからもされると思う。そこに不安はない。

だけどね、久人さん。

私が心配なのは、あなたです。

ようやく気づいた、違和感の正体。久人さんは、自分の価値をまったく信じていない。表面的には自信家だけれど、それは事業の成功とか、思いどおりに人を動かしてきた経験とか、そういうわかりやすい分野においてだけだ。

もっと根本的な部分で、彼は自分に、〝高塚久人〟として以外の価値があるとは、考えていない。そんな価値を欲しがってもいないんだと思う。

〝そんなこと知る必要ないでしょ〟という姿勢は、私を軽んじていたわけじゃない。

〝俺のことなんか、わざわざ言うほどのものでもないでしょ〟

そういう意味だったのだ。

温かな唇が、何度も押しつけられる。やきもちを焼かせた私を、たしなめるみたいに。お前は俺のだよって、マーキングするみたいに。

また泣きたくなった。

こんな愛情深いキスができるのに、この人の心は。

痛々しいほど、欠けている。

＊　＊　＊

「久人はね、自分がないんだよ」

樹生さんが、さみしげに苦笑する。

週末、家に彼から電話が来た。久人さんが仕事で出ているのを知っていたんだろう。

『ちょっと話せるかな?』と彼は近くのカフェに、私を呼び出した。

「自分がない、ですか……」

「流されやすいって意味じゃなくてね。あいつは高塚久人になる前の自分を、置いてきちゃったんだ。伯父さんたちの息子になるために」

彼はアイスティーのグラスを見下ろし、ストローで氷を回す。透明な氷がぶつかりあう、カラカラという涼しげな音がした。

「バランスの悪い奴だよ。一見そうは思えないから、よけいまずい」

「彼が引き取られてきたころのことを、覚えてらっしゃいますか？」

「もちろん。伯父さんたちはすぐに久人をうちに連れてきて、仲よくしてやってほしいと俺に言った。久人は頭もよかったし度胸もあって、俺は、こりゃいい弟分ができたと思った」

結婚するにあたって見せられた、高塚の家系図を思い浮かべた。久人さんと樹生さんは、祖父同士が兄弟だ。現当主であるお義父さまの父親――すでに亡くなっている――の弟が、樹生さんのお父さまだ。久人さんが来なければ、樹生さんは次の代の筆頭になる可能性もあったはず。

私の考えていることがわかったのか、樹生さんがにやっと笑う。

「俺はね、家とか血統とか、くそくらえと思ってるから。だから久人が来て、しめたと思ったよ」

「養子をとってまで、跡を継がせる必要があったんでしょうか？」

「そこはねえ……」

言いにくそうに、樹生さんが眉間に力を込める。

ランチタイムの終わったカフェは静かで、クラシックのＢＧＭが流れていた。

「伯父さんたちは、やっぱり、愛情を注ぐ対象を求めてたんだと思うよ」

「息子さんのことですか」

「結婚前に、桃子ちゃんのほうでも久人の身辺調査をしたんじゃない？　そのとき、養子であることは浮かび上がってこなかったでしょ」

ほうでも、ということは、高塚側でもしていたのだ。さぞかし徹底的に調べられたに違いない。

私のほうは、少なくとも私の知る限りでは、千晴さんが個人的興味で調べた、あの程度だ。だけどたしかに、久人さんが養子であることは、あの時点でわかっていてもおかしくなかった。

「久人はね、伯父さんたちの本当の息子と、生まれた年も月も同じなんだ。この意味、わかるかな」

「年も、月も……」

少し考え、さっと鳥肌が立った。

ある夫婦に子どもが産まれる。二年たてば子どもは二歳に、五年たてば五歳になる。そして十年後、その夫婦には当然のように、十歳になる子どもがいる。

だけどその子は、〝別人〟なのだ――……。

「偶然、ではなく……？」

「わからない。だけどその偶然のおかげで、戸籍でも調べない限り、〝息子〟が途中で別の人間になっていることには、だれも気づかない。実際、財界でも久人が養子だなんて知ってる人は、いないよ」

「でも、それじゃ……」

それじゃ、まるで、久人さんが……。

樹生さんが、残念そうにうなずく。

「『俺は代わりだから』って、俺の前では、よく言ってたよ」

自分の価値を信じないはずだ。

——俺はそもそもの存在意義が、跡継ぎであることなんだよ。

言葉どおりに受け取ったつもりだった。だけど私が考えるより、はるかに正確に〝言葉どおり〟だったんだ。

自分の存在意義は、跡継ぎであること。それだけ。

彼にとっての〝自分自身〟は、本当に、それのみなのだ。

「あいつなりに、好きなことやってたんだよ。モトクロスの話は聞いた？　俺も一緒にやってたんだけどね、あれは金もかかるし子どものうちは家族のサポートもいる。でも久人は遠慮せずやってた」

「女性関係も派手だったって……」

「あはは、それもほんとだね。遊びばっかりで、久人が本気になることなんてなかったけど。でもそういう、褒められないこともしてたよ。なんでかっていうと、『一族の会社に入るまでは好きに生きろ』って、伯父さんに言われたから」

言われたから。

そう〝言われたから〟好きに生きた。

素直ともとれるけれど……、今はすごく、いびつに響く。

時が来たら捨てて、しきたりどおりに結婚もして。窮屈そうでも億劫《おっくう》そうでもなく、むしろいつも、楽しそうで。

そうか、久人さんは楽しいんだ。高塚に引き取られたときからの目標のようなものを、ようやく達成できるんだから。

「『俺は代わりだから』っていうのもね、自分を卑下してるわけじゃない。あいつはそれが誇りなんだよ。生きる意味といってもいい」

「ご両親を、尊敬してらっしゃるんですよね」

「盲目的なまでにね。あいつは本来、人の心の機微《きび》にも鈍感じゃない。だけど親や家のことが絡むとダメなんだ。思考停止しちゃうんだな」

やれやれとばかりに片方の手のひらを上に向け、樹生さんは息をついた。

彼もこれから仕事なんだろうか。ワイシャツとスラックス姿で、ジャケットを椅子の背にかけている。先日のバーでの一件があったから、『ちょっと気になって』と心配して来てくれたのだ。

「私、なにができるでしょうか」

「わからない。俺も自分になにができるのかわからないまま、二十年たっちゃった」

両親の前では完璧でありたいと願う久人さんにとって、このお兄さんのような従兄だけは、気を緩めることができる相手なのかもしれない。

本人がそれを意識しているのかどうか、わからないけれど。

「桃子ちゃん、あいつを見捨てないでやってね」

その声に、私ははっと顔を上げた。同時にそれまでうつむいていたことに気がついた。必死に首を振る。

「見捨てたりしないです」

「この間、バーでね、桃子ちゃんを追いかけてったはずの久人が、なんでかひとりで戻ってきたときさ、なにやってんだお前って、俺、叱ろうとしたんだけど」

できなかったの、と樹生さんが頬杖をつく。

「真っ青なくせに頭に血上らせてるし、怒ってるんだか悲しんでるんだか、なんかもう、様子がめちゃくちゃでね。どうした、って思わず聞いたわけ」

「あっ、あのときは……」

「『桃が男といた』って、もう、聞こえないくらいの小さい声で、それだけ言うの。俺、こいつ泣き出すんじゃないかって心配になってさ」

樹生さんは、顔をしかめてははっと笑い、それからふと表情を和らげた。

「あんな久人、はじめて見たよ」

ねえ、久人さん。みんなあなたを好きです。大事に思っています。高塚だからでも、跡継ぎだからでもなく、あなただからです。

どうしたらそれを、信じられるようになりますか？

「桃子ちゃんは、久人にとって、なにか特別なんだと思う」

「そうでしょうか……」

「そうだよ」

樹生さんは迷いなくうなずき、私を見つめた。

「あいつのぶんまで、あいつを大事にしてやって」

頼むよ、と言う微笑みは、切なかった。

「ただいまー」

久人さんの声に、キッチンにいた私はあせった。急いで手を拭い、お鍋の中を確認してから玄関に走る。

「お帰りなさい、早かったですね？」

「うん、思ったより順調にいった。……なんかいい匂いするね？」

靴を脱ぎながら、久人さんが鼻を動かす。

「ちょっと料理を練習してたんです。挑戦したいレシピがあって……」

「あは、なるほどね。どう、うまくいきそう？」

廊下に上がってくる彼のスーツから、〝外〟の匂いがする。街中の雑踏とか、タクシーとか電車とか、そういうところでまとう気配だ。

私はまだ途中の料理を思い浮かべ、うーんと考えた。

「自分的には、ぎりぎり及第点くらいでしょうか」

「食べたい、準備して」

「え、夕食はお済みなんですよね？」

そう聞いていたし、もう二十二時だ。私は寝室へ向かう彼を追いかけ、廊下を歩く。

「一食くらい余分に入るよ」

「でも、試作品ですし……。私、ひとりで食べようかなって」

「なんで？　せっかく作ったんなら、一緒に食おうよ」

寝室のドアの前で、久人さんが私を振り返り、にこっと笑う。

「俺が厳しく採点してあげる」

答える前に、唇に軽いキスが来た。驚いて目を閉じたときにはもう終わっていて、目を開けたら、久人さんが楽しげに私を見下ろしていた。

「桃が作ったってだけで、基礎点高めだけどね」

「嘘です。久人さんの採点って、ほんとシビアで容赦ないじゃないですか」

「ムードがないなあ。こういうときは、ほんとですかうれしいです、って赤くなっておけばいいんだよ」

無責任なことを言いながら、寝室へ入っていく。

まったく、どの口で言うのか。出来がいまいちなものには、『五十五点』とか本当にいまいちな点数をつけるくせに。

だけど、どんなに低い点数の料理も、残さず食べてくれる。

「週明けから、毎日ファームに出勤するよ。仕事の整理に集中して、二週間で片づける。手伝ってね、桃」

「はい」

私はそばに佇み、彼が上着を脱ぎ、ネクタイをほどき、ワイシャツを脱ぐのを見つめていた。もしかしたら彼が、自分のものだと思っていないかもしれない身体。

「あの……さみしいって声が聞こえてきます。社内から」

「そっか」

「ファームのほかでも活躍されてますし、久人さんも、力を注いだ会社を離れるのは、心残りだったり、さみしかったり、しますよね……？」

白いTシャツをかぶりながら、久人さんが眉をひそめた。

「そういうことがないように、片づけるんだよ」

「それはそうでしょうけれど、でも、気持ちはそんな、簡単には」

「だから、最初から決まってたことなんだって。父さんというか、高塚の血統との約束なんだよ、これは。さみしいとか心残りとか、そういう次元の話じゃなくてさ」

「ですが、今のお仕事を楽しまれてましたよね？　お義父さまは本当に、久人さんがこれまで築いた実績や人脈を、すべて捨てて会社に入ることを、望んでらっしゃるんでしょうか」

一族の思惑はどうあれ、あのお義父さまがそこまで頑迷《がんめい》に、決められたルートに久人さんを乗せようとするとは思えない。そんなに凝り固まった方じゃない。

なにも全部を捨てなくても、彼らの期待に応える方法はあるんじゃないのか。そう思っての言葉だった。

けれど久人さんは、ますます眉根を寄せるだけだった。

「望むとかそういう、個人的な問題じゃないんだよ」

「私が気になるのは、お義父さまのお気持ちなんです。久人さんになにをお望みなのか、きちんとお聞きになったほうがいいんじゃないかって」

「どういうこと？　俺は期待されてないってこと？」

「逆です！」

つい、大きな声をあげてしまい、私は「すみません」と慌てた。

「お義父さまは、久人さんから大事なものを取り上げたいとは、思っていらっしゃらないと思うんです」

「そりゃそうだよ、だから俺は、こうしてあの人の息子でいられる」

「そうじゃなくて……」

ダメだ、通じない。

〝思考停止〟という樹生さんの言葉が、頭の中で点滅した。

久人さんはそれでも、私の言わんとすることを探り出すように、首をかしげてこちらを見つめていた。けれどやがて、困り果てた顔で「ごめん」と微笑んだ。

「桃がなにを言いたいのか、ちょっとわからない……」

ぽっかり欠けた、久人さんの心の一部。

天国のお父さん、お母さん。

私、どうやったらそこを埋められるんだろう。

知らない、彼

『おはよ、元気にしてる？　連絡もだんだんよこさなくなって、薄情者』

「おはよう、ごめん、元気だよ」

月曜日の朝、千晴さんから久しぶりの電話がかかってきた。

クローゼットの前で、会社に着ていく服を選んでいた私は、ベッドの中の久人さんがまだ眠っているのを横目で確認し、そっと寝室を出た。

さすが千晴さん、私からのSOSを感知したのかもしれない。久人さんに関するもろもろを、相談したいと思っていた。だけどできない、と決めたところでもあった。事情が繊細すぎて、たとえ千晴さんにでも、おいそれと話せないと思ったからだ。

『まあ、便りがないのは、うまくやってるってことだろうと信じてはいるけど。でも桃子は、ためこむからねえ』

ぎくっとした。勘のいい千晴さんは、私の動揺に気づいただろう。

だけど勘のよさと同じくらい、私のことも理解している彼女は、それ以上追及することはなかった。

『きついと思ったら、私じゃなくてもいいから、だれかに話すのよ。解決してくれる相手を探す必要はないの。話を聞いてくれる人を、見つけるのよ』

「うん、ありがとう」

昔からの彼女の教えだ。相談は、心を楽にするためのもの。なんとかしてもらおうと思っちゃダメ。そうしたら、いつまでも相談相手が見つからない。

かつて聞いた千晴さんの言葉が、頭をよぎる。

――気持ちを理解して、そうだねって受け止めてくれる人さえいればいいの。そういう人に支えてもらって、問題を解決するのは桃子、あんた自身よ。

通話の終わった携帯を握りしめ、廊下に佇んだ。

だけど千晴さん、今回ばかりは、全部をだれかに打ち明けるのは難しい。

久人さんの妻であるのは、私しかいないんだもの。

「も一も」

「きゃあ！」

いつの間にか久人さんが起きてきていたらしく、いきなりうしろから抱きしめられて、私は悲鳴をあげた。

久人さんは日によって、Tシャツを着ないで寝る。一緒に暮らしはじめた当初は、不慣れな私を気づかって毎晩着てくれていたのだけれど、夏が本格化するとともに習慣がもとに戻ってきたらしい。

今日も上半身は裸だ。薄手のパジャマ越しに、久人さんの寝起きの体温を感じる。

「朝っぱらからこそこそ電話なんて、怪しいなあ」

「千晴さんからですし、こそこそなんてしてません！　久人さんが寝てたから……」

「このへん汗ばんできたよ。図星だったんじゃないの？」

手がパジャマの中にもぐり、私のお腹をなでる。

たしかに汗ばんできたけれど、それはあくまで、この状況のせいであって……。

「俺も一緒に会社行く。シャワー先使っていいよ」

「えっ、そんな早くにご出社ですか」

うなじにたっぷりと吸いついてから、久人さんはやっと私を解放した。

振り向くと、眼鏡姿の彼が、腰に片手をあてて、にこっと笑う。

「やることが山積みだからね」

前向きな言葉。未練なんてかけらもなさそうな態度。

今日から久人さんは、辞めるために出社するのだ。

「はい」

私はうなずき、「桃が出てくるまで寝てよ」と寝室に戻る背中を見つめた。

たとえば意外に朝が得意じゃないこととか、書斎の中の、自分が使わない部分はどんなに散らかっていようが気にしないところとか、目が悪いのに眼鏡の扱いに無頓着で、たまに、どこに置いたか忘れて立ち尽くしていたりするところとか。

そういう人間らしい久人さんを見るのが、私、好きなんです。

完璧じゃない部分を見つけるたび、私はここにいていいんだって思えるんです。

今も、そう思っています。

柔らかでオープンに見えるあなたの心の中の、硬く閉ざした部分。久人さん自身でさえ開けかたを忘れてしまったその場所に、耳をあてて中の声を聞きたいです。

あなたの代わりに、救い出してあげたいです。

この間、私が男の人といるのを見たあなたが、ちらっとのぞかせた、素の感情。樹生さんに見せたという、あなたらしくないうろたえた姿。

それが私に、信じさせてくれます。私には、あなたの心に手を差し伸べる資格があるって。

ねえ久人さん、そう思っていていいですか？

「高塚さ——あれ？」

執務室に入ってきた次原さんが、私以外にだれもいないのを見て取り、きょろきょろする。私は留守番のため、応接セットのオットマンに腰かけて仕事中だ。

「どうしてもはずせないアポがあるとのことで、先ほど出ていかれました」

「慌ただしいですねぇ」

まったくだ。

ため息をついた次原さんが、持っていた封筒の行き場を探し、デスクを見る。

久人さんの頼みで、彼の顧客リストをPC上で整理していた私は、手を止めてそれを受け取った。

「二時間で戻るとのことでしたので、お渡ししておきます」

「中身を見ないでくださいね」

「え！」

まさしく中身を確認しようとしていたところだった。慌てて封筒から手を離し、そろりとローテーブルに置く。

でも、あの、秘書にも内密の書類って、気になります……。

制止されはしたものの、次原さんの様子に深刻さは感じられなかったので、私は尋ねてみた。

「秘密のなにかですか？」

「女性関係の調査結果です、高塚さんの」

「えっ」

それ、言っちゃっていいの？

次原さんは対面のソファに腰を下ろし、「冗談です」と両手を軽く広げた。

「冗談って、どこの部分がですか？」

「見ないでくださいと言ったことです」

あれ、そこなの。

「ということは……」

「調査結果は本物です。ですが見ていただいて問題ありませんよ。彼が現在、クリーンであることを証明するものですから。先方から、第三者に調べさせて提出しろと言われたんです。履歴書の延長みたいなものですかね」

「先方というのは……？」

「高塚さんが入る、お父上の商社ですよ」

なんともいやな気分になった。迎え入れるために、そこまでするの。気になるなら自分たちで調べればいいものを、本人に提出させるという傲慢さもいやだ。

次原さんがなだめるように微笑む。

「そういう会社であることは、彼も承知の上なんですよ」

「そうなんでしょうけれど……」

「古く、巨大な会社です。幹部は高塚一族で占められていて、女性関係のゴシップが発覚しようものなら、ただちに役員生命は終わる。未婚の役員も、ひとりの前例もありません。日本企業としては決して珍しくない」

「久人さんは、そんな会社で、今みたいに楽しめるんでしょうか」

思わず、訴えかけるような口調になってしまった。これじゃ八つ当たりだ。

じっとこちらを見返す視線から逃げるように、私は封筒の中身を取り出した。想像していたより、はるかに詳細な報告書だった。封筒に印字されている事務所名は、おそらく興信所だ。

数カ月分の久人さんの行動記録、通信記録。それから何人もの女性の写真と、彼女らに関する報告。『接近・なし』『通信・なし』……。

「この方たちがみんな高塚さんの過去の相手というわけではありませんよ。一方的に近づいてきただけという人も大勢います」

「それは、いいんですが……」

久人さんはこの期間、監視されていると知っていたわけだ。だけど私にわかる限りでは、そんな素振りはまったく見せなかった。

──久人はね、自分がないんだよ。

まさしくだ。彼は自分を、高塚家の共有物のようなものだと思っている。だからプライバシーをどう扱われようが、逐一観察されていようが、気にならないのだ。

「だから、『桃でよかったよ』……」

独り言が漏れた。

家柄も保証され、うしろ指をさされるような経歴もない。老獪《ろうかい》な親族たちが手ぐすね引いて待っている場所に、高塚家当主の子息として乗りこむ久人さんにとってみれば、私は最適な結婚相手だった。

その完璧なまでの打算と、私に向けている本物の愛情を、自分の中に共存させてしまえるのが久人さんだ。だけどそんなの、必ずどこかに無理が出る。

そのひずみのひとつが、あの思考停止なんだろう。

「桃子さん」

親しみを込めた呼び声に、私は顔を上げた。

「はい」

「あなたは高塚さんの選択に、納得できていますか？」

答えられない。と同時に、あることに気づいて驚いた。

次原さんも、久人さんの心の〝欠け〟を知っている……？

「あの……えっと、私の納得は、彼の決断には関係ないので……」

「その台詞、まるで高塚さんですよ」

「えっ……」

眼鏡の奥で、知的な瞳が苦笑する。

「『行きたいとか行きたくないとか、そういう問題じゃないんだよね』と言いませんか、あの人？　僕には言います」

「あっ、私にも言います」

「どうしてあの人は、あんな自信満々なくせに、不安そうなんでしょうね」

「不安そう……」

そんな言葉で、彼を考えたことはなかった。はっとした私に、次原さんが微笑む。

「桃子さんは、彼にとって特別な存在になり得るかもと聞きました」

「〝聞きました〟？」

だれから、と尋ねるまでもない、だってひとりしかいない。次原さんは当然のように「樹生さんです」とうなずいた。

「樹生さんとお知りあいですか？」

「僕たち三人は、同じ大学の同じ部ですよ」

「そうだったんですか！」

私の驚きようが愉快らしく、次原さんが珍しく、声をたてて笑っている。

「正確に言うと、僕が入学した時点で樹生さんは卒一でしたので、同時に通ったことはないのですが」

「あの、部って、なんの……？」

「モーターサイクルです、もちろん」

ああ、そうか、モトクロス。久人さんがかつて打ちこんだものとあって、ある程度知っておこうと調べたんだけれど、無残な転倒シーンを見ていられなくて挫折した。

「僕はね、ライドよりこっちの担当で。じつは高校時代から高塚さんのファンだったんですよ。足元を見られるんで、本人にはあまり言ってませんけど」

〝こっち〟と彼が示したジェスチャーは、カメラを構える仕草だった。へえっ、次原さん、写真好きなんだ。

「ファンがいるくらい有名だったんですか？」

「ですね。競技人口も多くないですし、トップクラスはジュニアからやっている選手がほとんどなので、名前も戦績も知られているんです」

へえ……。

「久人さんて、どんな選手でしたか」

なにげなく聞くと、次原さんが待ってましたとばかりににやっとする。

「クレバーで要領のいいライディング、無駄のないコース取り」

「あっ、やっぱりそういう……」

「と、思うでしょう？」

あれっ。

「違うんですか」

「まったく違います。技術は同世代の中で頭ひとつ抜きん出ていましたが、集中力にはムラがあり、ライディングは気まぐれで、完全なる感覚派でした。成績の波もひどく、トップ群か最下位のどちらかといった具合です」

楽しそうに語る次原さんを、私はぽかんと見つめた。

「走りが荒っぽいだけに、クラッシュも多かった。ですが、なにかの加護があるとしか思えないほど、けがとは縁遠い選手で、不死身なんて呼ばれてましたね」

「危険なスポーツなんですよね?」

「そうです。今思えば、よく彼の家が許したなと」

本当にそうだ。大事な跡取りに、なにかあったらと考えなかったはずはないのに。

次原さんは腿に頬杖をつき、懐かしそうに目を細めた。

「彼はかっこよかったですよ。レース内容に納得がいかなければ、勝ったにもかかわらずヘルメットを地面に叩きつけたりしてね。そういうところを批判されてもいました。樹生さんのほうがずっとスマートな選手だった」

ああ、としみじみ感じた。

妻で、家族で、同じ家で毎日顔を合わせて暮らしていても、こんなに知らない。人はそんなに薄っぺらいものじゃない。どんなに一緒にいたって、その人の全部を知ることなんてできない。

じゃあ、夫婦ってなんだろう。

友達でもない。赤の他人でもない。血縁でもない。

私は久人さんの、なんだろう。

「やりたいようにやって、文句を言う奴は無視。そんな人だったんですよ。〝自分の意思は問題じゃない〟なんて、言う人ではなかった」

その言葉に、はっとした。

次原さんは頬杖姿のまま、どことも言えない場所を見つめている。

「人が自分の意思を介入させまいとするのは、自信がないときです」

「あっ……」

つい先ほどの自分を振り返った。まさにそのとおりだ。私なんかがなにを思っても、久人さんの決断は変わらない。そう考えていた。

「彼がなにかを抱えているのは、長年見ていればわかります。でもそれがなんであるのか、聞いたことはありません。僕は完全なる部外者ですから」

いつの間にか、彼は姿勢を正し、まっすぐこちらに視線を向けていた。

「桃子さん」

「はい」

「あなたなら、彼の底にある〝不安〟に、近づけるのではないかと思っています。僕も樹生さんも、それを願っている」

「はい……」

「〝取り除く〟でも〝寄り添う〟でもいい。あなたにできる方法で、あの人を支えてあげてください」

祈るような声の調子で、次原さんが、軽く目を伏せる。

「お願いします」

はい、とはっきり答えたつもりだったのだけれど。口から出たのは、震えてかすれた小声だった。


その夜、私は夕食の支度を済ませ、久人さんの帰りを待っていた。

ダイニングテーブルに腰かけ、じっと考えこんだ。

お義父さまたちに会うことはできないだろうか。

こそこそしたくはない。久人さんに対してなにか隠しごとをしていると思われたくない。お義父さまたちとお話をしたい、と正直に言えば、久人さんはセッティングをしてくれるだろう。久人さん抜きでとお願いしても、気を悪くすることもなく了承してくれるはず。

帰ってきたら、その相談をしようと思ったのだけれど、彼は帰ってこなかった。

二十三時を回ったとき、さすがに不安になった。

食事が不要なら、必ず連絡をくれる人だ。そうでなくても、ここまで遅くなるようなら一報があってもいいはず。

何度か送ったメッセージは読まれず、電話はつながらない。

まさか、なにか――……。

携帯に手を伸ばした瞬間、玄関で物音がした。

廊下に飛び出して、玄関に走った。久人さんはなぜか、鍵を開けるのに苦戦しているようだ。私は内側からロックを解除し、ドアを開けた。

ドアのすぐ向こうに立っていた人影が、「あれ」と場にそぐわない、のんびりした声をあげる。

「ひ、久人さん……？」

そこにいたのは、たしかに久人さんだった。けれど私は目を疑った。彼が、立っていられないほど酔っ払っていたからだ。

焦点の合わない目で私を見る。ドアに手をかけて身体を支え、ほんの少しの敷居の段差につまずきそうになりながら、中へ入ってきた。

「ただいま」

「お帰りなさい……ど、どうしたんですか」

「どうしたって……？」

ものすごいアルコールのにおいがする。久人さんがここまで酔うなんて、文字どおり浴びるほど飲まない限りあり得ない。

「どなたかとご一緒だったんですか？」

「んーん」

「おひとりで……？」

危なっかしい足取りで、靴を脱いで廊下へ上がる。見かねた私が鞄を引き取っても、なにも言わないどころか、たぶん気づいてすらいない。

「久人さん、ご気分は」

「気分」

声だけはやけに陽気で、酔っぱらいそのものだ。

顔色は至って普通だ。危ない感じはしない。ただ度外れに飲みすぎただけだ。

いったいどうしたっていうんだろう。

「あまり動かないでください。お水を持ってきます」

「いらない」

「そういうわけには……」

キッチンに向かおうとした私の手首を、彼がつかんだ。手のひらがぎょっとするほど熱い。ぐいと引っ張られて、気づけば私は彼の腕の中にいた。

微妙にどこも見ていないような目で見つめられ、唇が近づいてくる。だけど触れあう直前、私は彼の重みに耐えかね、バランスを崩した。

一緒になって久人さんもよろけ、あえなくふたりして廊下に倒れこむ。抱きしめられたまま彼の下敷きになって、ついでに床で背中を打ち、私は呻いた。

「久人さん、大丈夫ですか」

頭とか、大事なところをぶつけていないといいけれど。

けれど返事はなく、代わりに彼は億劫そうな仕草で床に肘をつき、半身を持ち上げて私を見下ろした。

「久人さん……」

それから、ゆっくりとまた私を抱きしめた。

心がざわついた。どうしてそう感じたのかわからない。だけど、その抱きしめかたは、それまでとは少し違った。

押さえこまれている、と思った。私が動かないように、抵抗しないように。

荒っぽいことなんてなにひとつされていなくて、むしろ抱きしめる腕は優しい。だけど、私は今ほど、久人さんが男の人だと感じたことはなかった。

ぎゅっと目をつぶり、夢中で彼の身体との間に腕を入れ、つっぱった。

「ひ……、久人さん！」

ぱっと重さが消えた。彼が顔を上げて、きょろきょろしている。

ひとおりあたりを見回してから、自分の下にいる私に気づいたようで、きょとんとした顔で見下ろし、そして愕然とした表情になった。

「桃……？」

目が大きく見開かれていく。さっと青ざめたのが、見ていてわかるほどだった。

彼が勢いよく立ち上がった。足元をふらつかせ、壁に肩をぶつける。

「ごめん、桃」

「私は大丈夫です。それより久人さん……」

「ごめん……！」

久人さんは私の声を振り切るように踵《きびす》を返し、おぼつかない仕草で靴に足を入れて、玄関から走り出ていった。

「久人さん……」

あんな彼を、見たことがない。

どうしたの、久人さん。大丈夫ですか……。

隠された真実

追いかけなきゃ。

そうは考えるものの、あてがなさすぎて途方に暮れた。

どこを捜しに行けばいいのかもわからない。久人さんがこういうとき、だれを頼り、どんな場所で過ごしたがるのか、見当もつかない。

彼についてまったく知らない。あらためてそう気づかされた。

ふいに振動音が廊下に鳴り響いた。床の上で私の携帯が震えている。ポケットに入れておいたのが、いつの間にか落ちたのだ。

千晴さんからの着信だった。

「はい……」

『桃子？　遅くにごめんね。近くまで来たから、お菓子買ってきたの。ちょっと顔見せてよ』

「あの、うん、えっと……」

私は急いであたりを見回し、放り出されていた久人さんの鞄を拾い上げた。

「ちょっと待ってもらっていい？　今……」

『あ、玄関先で失礼するから、お構いなくよ。ていうかちょうど下が開いたから、じつはもうお宅の前に着くところ』

「えっ」

ピンポーン、とインターホンが鳴った。ドアのすぐ向こうに千晴さんがいる。まずい、と慌てている間にもう一度鳴り、控えめなノックが続いた。

「こんばんはー」

とっさに髪と服を整えてから、玄関に私のパンプスが散らばっていることに気づき、屈んで手を伸ばす。久人さんが蹴飛ばしていったのだ。

「あの、千晴さん！　ごめんね、今」

「あら、そこにいるの？　あれっ、開いてる……」

玄関のたたきを挟んで、私たちは顔を合わせた。千晴さんは久しぶりに私に会ったことでぱっと笑顔になり、直後にさっと顔をこわばらせた。

「なにかあったの？」

どうしてわかったんだろう。私はごまかそうにもなにをすればいいのかわからず、四つん這いのまま、鞄とパンプスを握りしめていた。

千晴さんが玄関に入ってくる。

「桃子」

「あの、心配してもらうことじゃないの、ちょっと、トラブルっていうか」

「久人さんなのね？」

床に膝をつき、千晴さんが私の腕を持ち上げた。肘の下あたりが、すりむけて赤くなっていた。気づかなかった。

「彼は今、いるの？」

千晴さんが声をひそめる。私は首を振った。

「出てっちゃったの、どうしよう」

「どうしようって？」

「心配なの。どう考えても様子がおかしかった」

「あんたにそんな傷を負わせた男を？」

「酔っ払ってたの。……違う違う、酔って暴力的になったって意味じゃなくて」

彼女の目つきが険しくなったのを見て、慌ててつけ加える。

「なにかがあって、飲まずにいられなかったんじゃないかと思う。でもどこへ行ったかわからないの」

「こんな時間に、捜しに行ったりしちゃダメよ、二次被害が起こるわ」

「行こうにも、どこを捜せばいいのか……」

また絶望が押し寄せてくる。

つくづく妻失格だ。掃除洗濯をして食事を作るだけが妻じゃないでしょう。こういうとき、支えになるために一緒にいるのに。

千晴さんが、持っていた白い箱を足元に置いた。さっき言っていたお菓子だろう。まだ探るような目で、私の全身を確認している。

「あの、ほんとになんでもないの。ふたりで転んだだけで。……久人さんを責めないでくれる？」

「責めないわ」

「えっ」

千晴さんの、私への保護者的な愛情と正義感は、久人さんを許さないに違いないと確信していた私は、拍子抜けした。

「本当？」

「うん。あんたが責めるなって言ったから、ってわけじゃなくてね」

仕事帰りなんだろう、フレンチスリーブのブラウスと、タイトなスカート。千晴さんは両膝に手を置き、まじめな話をするときよくやるように、「桃子」と呼んだ。

「はい」

「私もね、そんなに長い期間じゃなかったけど、夫婦生活ってものを送ったからわかる。夫婦の間のことはね、他人にはわからないのよ、絶対に」

私は黙って、続きを待った。千晴さんが少し目を伏せ、息をつく。

「お互いにしか見せない顔を、妻も夫も必ず持ってるものよ。親にも子にも、友達にも見せない、伴侶《はんりょ》にだけ見せる顔が、夫婦をやってると、できてくるの」

言いながら、首のうしろをぱりぱりとかく。真剣に語りすぎて照れくさくなったときの、彼女のくせだ。

「夫婦間の約束ごとも、はたから見ればおかしなものだったりする。けどね、ふたりが幸せなら、それでいいのよ。外野が口出すことじゃない」

「はい」

「だから今回も、私はなにも言わないわ。あんたを見る限り、久人さんに怯えている様子もないし。それがあったら話は別なんだけど」

「久人さんを怖いと思ったことなんて、一度もないよ」

千晴さんは、わかってるというように微笑んだ。

「逆に言えばね、夫婦の関係に、お手本なんてないのよ。ふたりで、自分たちが幸せであるように、決めごとを作って暮らすの。それが夫婦」

「うん……」

「桃子にしかできないんだよ。ほかのだれも見たことのない久人さんの顔を、見てあげるの。見せていいんですよって旦那さまにわからせてあげるの」

私はうなずいた。また滲んできた涙を、手のひらで拭う。

「夫婦って、努力してなるものよ」

はい、わかりました。

結納して挙式して、入籍をしたからって、それで夫婦になれるわけじゃないんだね。理解しあって、認めあって。そうやって寄り添ってはじめて夫婦。

「久人さんと話してみる」

「そうしなさい。つらくなったらうちに来るのよ。いやになったらやめるっていう手段が残されてるのが、夫婦のいいところなんだから」

「やめてよ、縁起でもない」

自分は旦那さんと熱愛のまま添い遂げておいて、姪にはそれか。

笑いあったおかげで、立ち上がることを思い出した。長いことフローリングの上に座っていたため、身体が軋む。

「じゃあね、がんばりなさい」

「うん、気をつけて。来てくれてありがとう」

「あ、それ、シュークリームだから、冷蔵庫に入れてね」

箱を指さし、千晴さんは帰っていった。

私は言われたとおり、すぐに箱を取り上げてキッチンに向かい、作った夕食も保存容器に入れ、冷蔵庫にしまった。

千晴さんには止められたけれど、少しだけ久人さんを捜しに出ることにした。コンビニまでなら人通りもあるし、路上も明るい。

エレベーターに乗り、もしかしたらとエントランスフロアのラウンジをのぞきながら、屋外に出る。けれど久人さんの気配はない。通りを見渡しても同じだった。

念のため、久人さんの携帯に電話をしてみたけれど、やっぱり通じず、むなしくコンビニまでの距離を往復し、私はすごすご部屋に戻った。

彼が帰ってくるまで眠らずに待つことにした。一度そう決めてしまうと、なんだか気が楽になり、眠気予防にコーヒーをいれた。

戻ってきたとき、コーヒーの香りがしたら、きっと久人さんもほっとする。

氷を入れたグラスに、いれたてのコーヒーを注ぎ、リビングで飲もうと移動したとき、パンツのポケットで携帯が震えた。

久人さんだったらと急いで取り出したところ、樹生さんだった。

『あ、桃子ちゃん！　久人、帰ってる？』

「えっ」

彼らしくもなく、慌てた声だ。

「ええと、仕事からは戻りました」

ほっとしたような、深々としたため息が聞こえた。

『それならよかった。様子、変じゃない？　何度電話しても出なくてさ』

私はローテーブルにグラスを置き、携帯を右手に持ち替えた。

「なにかあったんですか」

『あった。だけどできたら、久人の口から聞いてほしい』

「じつは、帰ってらしたんですが、すぐにまた出ていってしまったんです。あきらかに様子がおかしくて、泥酔していました」

『あいつが泥酔!?』

樹生さんですら驚くほどの出来事らしい。そりゃそうだろう、あの久人さんが、どれだけの量を飲めばあそこまで酔えるのか想像もつかない。

「なにがあったか教えていただけませんか。もしくは、久人さんが行きそうな場所に、心当たりはありませんか……？」

言いながら、急に不安になってきて、声が揺れた。

もしかしたら樹生さんのところに行ったのかもしれないと思っていたのだ。そうじゃなかった。

だけど樹生さんなら、行き先の見当がつくかもしれない。彼にも心当たりがないのなら、それはそれであきらめも……。

『伯父さんたちの、本当の子どもが見つかったんだよ』

……え？

携帯に耳を澄ました。なにも気配がしない。私の反応を待っている。

え、なんて言った？

本当の……？

「あの……ええと？」

『俺もはじめて知った、里子に出されていたんだ。伯父さんと伯母さんの結婚は、じつはそうすんなりはいかなかった、高塚の黒歴史でね』

「ごめんなさい、待ってください、お義父さまのお話ですよね？　本当の子どもっていうのは、つまり……」

『伯父さんと伯母さんの実の子だよ。亡くなっていたというのは事実じゃなかった。一族の手で、伯父さんたちから引き離されて、別の家に養子に入っていたらしい。伯父さんたちはずっと、ひそかに行方を追っていたんだ』

「久人さんが、それを知ったんですか」

なにかが頭上から落ちてきたようなショックだった。

敬愛する両親の、亡くなった子の代わりに生きるのだと決めた久人さん。それを誇りに生きてきた人。

だけどその子は生きていた。

ご両親もそれを知っていて、しかも、ずっと捜していた。久人さんに内緒で。

そして、見つかった。

久人さん……！

樹生さんがささやくような声で、『そう、知ったんだ』と苦々しく言った。

『商社のポンコツ秘書を全員クビにして、桃子ちゃんを入れたいよ。久人は今、伯父さんの補佐的な立場で商社の仕事もしてる。絶対に久人に渡っちゃいけない書類を、アホな秘書がほかの書類と一緒に渡したんだ。下読みするのも久人の仕事だからね、当然あいつは読んだ』

そういえば今日は、ファームの仕事が終わってから、どこかへ寄ると言っていた。商社に行っていたんだ。

『俺はその場にいなかったんだ。聞いたところでは、久人はそのあとも普通に仕事をして、帰ったらしい。そのあとで伯父さんが出先から戻ってきて、報告書の封が開いているのを見つけた。秘書は久人に渡したと言った』

「お義父さまは、どうしてらっしゃるんでしょう……」

『まず俺に連絡してきた。俺も子どもは亡くなってたと信じてたからね、驚きはしたものの、それより久人だ、となったよ。伯父さんも相当慌ててたとは思うけど、それを表に出すような人じゃない。心の底は、俺にも読めない』

「そんな……」

たぶん久人さんは、お義父さまからの電話をとりたくなくて、携帯の電源を切ったのだ。せめて自分が真実を知ったことを隠しておきたかっただろうに、それができないこともわかっていた。

胸に置いた手の下で、心臓がドキドキと鳴っている。

――あいつはそれが誇りなんだよ。生きる意味といってもいい。

すべての信頼が崩れた瞬間。久人さんの絶望、喪失感。

とても想像できるものじゃない。

「久人さん……」

『あいつが帰ってきたら教えてくれる？　俺、行きそうな店とか声かけてみる。桃子ちゃんは家にいてね。あいつを絶対にひとりにしないで』

気づいたら電話は切れていた。

グラスの氷は解け、コーヒーの上に透明な層ができていた。

あんまりだ。

お義父さま、お義母さま、あんまりです。

あなたがたが久人さんを選び、息子にしたんです。彼はそれをよすがに生きてきた。

必要とされるままに、喜んで自分をすべて差し出して。

事情があるんでしょう、だれにだってあります。

だけどあんまりです。

久人さんの目には、あなたたちしか映っていないのに！


どれだけ時間がたっただろう。

私は暗いリビングで、膝を抱えてラグの上でうずくまっていた。

ライトを消したのはあえてのことだ。なんとなく、人が起きている気配がないほうが、今の久人さんは帰ってきやすいんじゃないかと思ったからだ。

私がいることで、彼が安心してくれたら一番なんだけれど。残念ながら私はきっとまだ、彼にとってそこまでの存在にはなっていない。

携帯に触れると、液晶がふわっと室内を照らし、三時前だと教えてくれた。

ローテーブルに顔を伏せた。廊下のフットライトが、ガラスドアの向こうで淡いオレンジ色に光っている。

帰ってきますよね、久人さん。

ここがあなたの家です。そう思ってくれていますよね。

そのとき、なにか気配を感じた気がして、はっとした。耳を澄ましても、家の中はしんと静まり返っているだけで、物音はしない。

私は玄関へ向かった。足音を忍ばせて、そっとドアを押し開ける。

ドアの向こうに、久人さんが立っていた。

「久人さん……」

私を見るなり、彼の瞳が揺れる。顔に浮かぶ、慙愧《ざんき》の念。

ドアを開けようとしていた様子がない。自宅の玄関の前で、ただ立ちすくんでいたのかと思うと、胸が痛んだ。

私はドアをいっぱいに開けた。

「お帰りなさい」

久人さんの足は動かない。スーツは着ているものの、ネクタイはどこかへ行っている。なにも持たず、空の両手を身体の横に垂らしている。

なにか言いたそうに、その目が私を見た。

唇が動く。

「ごめんね、桃」

消え入るような声だった。

彼がためこんだまま出せずにいる涙が、私のほうへ移ってきたみたいに、目の奥が熱くなった。口を開いたら泣きそうで、私は黙って首を横に振った。

なかなか戸口をくぐらない久人さんに、両手を広げてみせる。しばらくそれを見つめていた彼は、やがて、やっと一歩踏み出し、私を抱きしめた。

ドアが彼のうしろで、ゆっくり閉まっていく。

「桃、ごめん……ごめん」

「大丈夫です」

「怖かったよね……」

ずっと屋外にいたのかもしれない。久人さんの背中は、薄手のスーツの上からでもわかるほど汗ばんでいる。

行き場所もなく、帰れもせず、こんな時間までひとりでなにを考えていたんだろう。

桃、と小さな声で何度も呼んで、久人さんは私をきつく抱きしめ、肩に顔を埋めた。

頭をなでて、ごめん、と絞り出すようにささやく。

「怖くなかったですよ」

「けがしなかった？」

「ちょっと腕を打ったくらいで。もう痛くもないです」

彼の胸に顔をすりつけると、私を抱く腕の力が強まった。

「ごめんね、ありがと……」

しがみついて、「大丈夫です」と伝えた。

こんなときなのに、私にまず、謝ってくれるんですね。

聞きたいことはたくさんあるけれど、今は我慢します、久人さん。

あなたが、帰る場所にここを選んでくれただけで、十分です。

お帰りなさい。


深く眠っている、久人さんの寝顔を見つめた。

家に上がるなり、『頭を使いすぎた……』と急激な眠気を訴えた彼は、寝室まで行くのもやっと、服を脱ぐのもままならないほどで、倒れこむようにベッドに入った。

そういえば、久人さんの寝顔をここまでじっくり眺めたことってない。ベッドの縁に腰をかけて、彼の髪を梳く。

目を閉じていると、久人さんは印象が幼くなる。枕に半分埋まった顔が、その手を追いかけるみたいに、わずかに仰向いた。

もう一方の手で、樹生さんにメッセージを打った。

【久人さん、帰ってらっしゃいました。疲れたようで、すぐ眠りました】

瞬時に既読になり、すぐ返信が来る。

【よかった、ありがとう。顔を見ておきたいから、俺も明日、そっちの会社に行くね】

わかりました、と返事を打ってから、少し考え、つけ足した。

【お義父さまとお義母さまにお会いする機会を作っていただけませんか?】

これにも、迷いを感じさせないスピードで返事をくれる。

【そうだね、任せて。また連絡するよ】

もう寝なさい、と続けてメッセージが来たので、【はい、おやすみなさい】と返した。返事が来ないことを確認し、また久人さんの様子を見る。

いつの間にか、彼は私の左手を握っていた。顔の前で、祈るように私の手を取って、身体を丸めて眠っている。

普段はもっと、のびのびと寝ているのに。私に片腕を貸して、ときにはそのまま抱きしめるみたいに腕を回して、ときには仰向けで。目が覚めたとき、そういう久人さんが隣に寝そべっていると、ひとりじゃないんだと感じて幸せになる。

今日は、いつもと逆。私があなたを抱きしめますね。

ふと、久人さんの眉間に力が入った。夢の中でも頭を使っているのかもしれない。

頭をなでてあげると、ふっとそれが和らぐ。

私がいると、ちょっと気持ちがくつろぐとか、肩の力が抜けるとか。いつかそう思ってもらえるようになりたい。

私、がんばります。

「来るなら来るって言ってくださいよ、樹生さん」

「おー、次原だ、久しぶり、元気？」

鬱陶《うっとう》しい、と顔に書いて隠さない次原さんの背中を、樹生さんがバンバンと叩く。

それから久人さんのデスクに腰をかけ、執務室内を見回した。

「この間、電話で話したばかりです」

「なんだよ、態度悪いなー」

「だから、来るなら来るって……今忙しいんですよ、この会社、わかるでしょ」

「来るってちゃんと言ったよ、桃子ちゃんに」

指さされ、私は、「申し訳ありません」と次原さんに頭を下げた。

まさかあのメッセージがアポの代わりだとは思っていなかったため、なんの社内調整もしていなかったのだ。

樹生さんは突然受付に現れ、『高塚です、次原呼んで』と内線を入れ、一瞬社内を混乱させた。その彼が、「冗談冗談」と私に手を振る。

「もとはといえば、悪いのは久人なんだから」

「俺がなんだって？」

そこへちょうど、久人さん当人が入ってきた。社内の打ちあわせから戻ってきたのだ。あまり寝ていないせいで、少し疲れて見えるほかは、普段と変わらない。颯爽《さっそう》と室内を横切り、デスクを回りこむ。

「妻を振り回して、悪い夫だなって話だよ」

「俺も桃に振り回されてるし、おあいこ」

えー！

久人さんは引き出しからファイルを取り出すと、中をさっと確認して閉じ、そばでショックを受けている私に、にっと笑いかけ、また出ていった。

本当に忙しいのだ。

樹生さんがなぜ突然この会社に来たか、理由が思いあたらないはずはない。それでも謝るでもなく、自分は大丈夫だと主張するでもなく、歓待もしないけれど追い返しもしない。これがこのふたりの距離感なんだろう。

「高塚さん、それキャリアの件でしょ？　僕も行きますよ」

閉まりかけたドアを再び開け、次原さんも出ていった。なぜか樹生さんもそのあとを追ったので、どこへ行くつもりかと思ったら、彼は廊下を確認しただけで、そっとドアを閉めて戻ってきた。手に持っている携帯が震えている。

「はい」

出ながら私に目配せする。それでわかった、お義父さまとの面会の件だ。

「なんだって？　どこに？　ふたりとも？」

彼が険しい声を出した。雲行きが怪しいみたいだ。

少しの間、相手の声に耳を澄ましてから、「わかった」と彼は電話を切った。ふうと息をついて、私を見る。

「伯父さんのプライベートの秘書からなんだけどね。今週か来週あたりで時間をくれっていう話をしたんだけど、伯母さんとふたりで、本州を離れてるらしい」

「え……ご旅行ですか？」

そんな予定、あっただろうか。久人さんたち家族は、互いのスケジュールをよく把握している。そんな大きな旅であれば、私の耳に入ってもおかしくないのに。

樹生さんは、ソファの背に腰を下ろし、首を振った。

「息子に会いに行ってるみたいだ」

「え……」

「〝本物の〟ね。どうやら北海道《ほっかいどう》にいるらしいよ。行ってすぐ会うってわけにもいかないから、しばらく滞在して、時間をかけてるみたいだな」

「そんな……」

捜しあてて、さらに会いに行くほどの思い入れなのか。会うために捜していたんだから、と言われたら、そうなんだけれど。

でも、じゃあ、なんのために会うの。久人さんは、どうなるの……。

そのとき、ノックもなくドアが開いた。樹生さんがはじかれたように立ち上がって、振り返る。その顔が蒼白になった。

「久人……！」

久人さんは静かな目つきで、私と樹生さんを見つめていた。

危うい想い

ふたりはちょっとの間、無言で見つめあう。樹生さんが顔をしかめた。

「お前、わざと出ていくふりしたな」

久人さんは悪びれずに「うん」とうなずき、室内に入ってくる。

「なんか怪しかったからさ」

「全部聞いてたか」

「聞いてた。次原は先に行かせたから別だけど」

はーっと樹生さんが深々息をつき、顔を覆った。

「俺を出し抜くなんて……いつからそんな子になっちゃったんだよー」

「樹生こそ、いつになく俺の心配してくれるね。どうしたの？」

「お前がいよいよ危なっかしいからだよ、決まってんだろ！」

くすくす笑いながら、久人さんは樹生さんのそばを通りすぎ、デスクの端に浅く腰をかけた。背後の大きな窓から、昼の光が彼を照らす。

「俺は大丈夫だよ」

樹生さんの顔が、わずかに曇る。

大丈夫、なんて。簡単に片づけてしまわないでください、久人さん。かえって怖い。抱えきれずに爆発していた昨日の久人さんのほうが、よっぽど人間らしいです。

「大丈夫なわけないだろ」

「でも、現に大丈夫なんだよ、こうして職場にも来て、仕事もしてる」

手振りで執務室の中を示す久人さんに、樹生さんの表情はますます険しくなった。

「あのな、久人」

「父さんたち、よほどうれしかったんだろうなあ。昨日の今日で、もう現地か」

久人さんは、足首を軽く交差させて、くつろいだ様子で、口元は微笑んでいる。その口調には、自己卑下も自虐の色もない。

彼はふと窓のほうを見た。きつい日差しをシェードが和らげている。

「俺は用済みかな」

まるで、午後も晴れるかな、みたいな口ぶりだった。私は背筋が冷えた。

「久人……！」

「さ、仕事仕事」

樹生さんの声を遮るように、久人さんがパンと手を打ち鳴らした。

「といっても、ちょっと予定を変更したいんだよね。桃、悪いけど今日は庶務のほうに回ってくれる？　必要があれば呼ぶ」

「はい……」

「樹生もひまなら、俺を手伝う？」

からかいの声を向けられ、樹生さんはじっと黙り、やがて「ひまじゃねーよ」とむくれ、サイドボードに置いていた鞄を取り上げた。

「俺のほうも、移籍前の身辺整理で忙しいんです。お邪魔しました」

「ありがとね、心配してくれて」

ドアに手を伸ばしたところで、振り返る。

「……そういうのは、心配の必要がなくなってから言うもんだ」

「信用ないな」

「久人、俺が一族の思惑に従って商社に入ってやるのはな、お前のサポートができるからなんだぜ。俺は正直、このときが来るのを楽しみにもしてた」

久人さんはなにも言わず、樹生さんのまっすぐな視線を、微笑んで受け止めている。

「俺を放り出すなよ」

言い捨てて、樹生さんは出ていった。

「私、お見送りしてきます」

久人さんに断り、あとを追う。エレベーターの前で追いついた。

「樹生さん、いらしていただいて、ありがとうございました」

「あいつ、やばい」

「えっ」

樹生さんが壁のボタンを叩きつけるようにして押す。いつも柔らかい余裕に包まれている彼が、いらいらと足を踏み替えている。

「樹生さん……」

「ぶっ壊れる寸前じゃないか。桃子ちゃん、あいつから目を離さないで」

硬い声。緊張に身体がすくむのを感じた。

「はい」

「俺も伯父さんを尊敬してるけど、今回ばかりは……」

言葉を途中で切り、彼はエレベーターに乗りこんだ。私は習慣から、深々と頭を下げた。扉が閉まって、箱が動くのを感じても、顔を上げられずにいた。

ぶっ壊れる寸前。

久人さん。どうか早く、あなたの本当の価値に気づいて。

その日は言われたとおり、庶務のデスクで仕事をした。

心配で、たまに飲み物を持って久人さんの執務室に様子を探りに行った。彼はデスクで忙しそうにしていて、だけど彼らしく、たとえ電話中であっても、私の差し出した飲み物にお礼を言った。

そして必ず、次に行くときまでに飲み干しておいてくれるのだった。

翌朝、起きたら久人さんは家を出たあとだった。ファームへの出社はもっと遅くていいはずなので、どこか立ち寄る先ができたのかもしれない。

私も彼も、朝食をとらない。出る時間も違うし、お互い必要な時刻に起きて、自分の支度だけするのが常だ。

今朝の久人さんはどんな様子だったんだろう。確認しておきたかった。

予想していたものの、ゆうべ私が寝る直前に帰宅した彼は、怖ろしいほどいつもどおりだった。『寝不足』と言ってすぐにベッドに潜りこみ、私を抱きしめて眠った。

コーヒーだけでも、一緒に飲む習慣をつけておけばよかった。そうしたら、起こしてくれたかもしれないのに。

ひとりきりのベッドで、そんなことを考え、ため息をついた。

「御園さん、高塚さんの今後のスケジュールって、変わりました？」

お昼前ごろ、庶務のデスクにいた私に、次原さんが自席から声をかけた。

出社したら、久人さんから【今日も庶務業務でお願い】とのメールが入っていて、かつ彼は午後にファームに来るとのことだった。

オフィススペースの端のほうに庶務デスクはある。隣りあった島が人事部で、次原さんは普段、そこにいる。

「いえ?」

「おかしいな」

私は首をひねっている彼のもとへ行った。

「どうかなさいましたか?」

「いや、この方ね、高塚さんとじゃなきゃ取引を続けたくないってごねてた、ありがた困ったお客さまなんですけど」

微妙な口ぶりでメールを見せてくれる。そういうお客さまは、じつは多い。久人さんがこの会社を去るための〝整理〟をするうえで、もっとも手間取っているのは、その部分だったりする。

「この方がどうか……」

「高塚さん宛てに、来月のアポを入れてきているんです。そのころには高塚さんはもう動けないと伝えてあるはずなんですが」

私は一瞬、なにかの手違いかと思い、『確認の連絡をとりましょうか』と申し出ようとした。そして、はっと気がついた。

まさか……。

「うん、言ったよ。もう少しおつきあいさせていただけそうだって」

午後、出社してきた久人さんに、お得意さまになにか伝えたか尋ねた。

思ったとおりだった。

「そうですか……」

「なんで？」

デスクについた久人さんは、出先でのメモなどに使うPCを鞄から取り出し、なにか打っている。数種類の仕事をしている彼は、決して連携させてはいけない機密情報が混ざるのを防ぐため、会社のPCは持ち歩かない。

私はその様子を見守りながら、声をかけるタイミングをはかった。

「退職の時期を遅らせるんですか？」

「そうだな、それも視野に入れてる」

「突然、なぜ」

しつこい私に閉口したのか、久人さんが苦笑し、手を止める。

「桃も感じたと思うけど、見合いからこっち、本当に急ぎ足で、やっぱりあちこちに弊害が出てる。しこりを残していきたくないんだ。だから少し落ち着いて準備をすることにした」

彼の目の奥に、なにかを偽っている色はない。そのことが悲しかった。こうやって無自覚に、自分も周りも納得する理屈を見つけて、軌道修正してしまう人なんだ。

ねえ久人さん、それも嘘ではないでしょうけれど、本音のすべてではないですよね。

商社に行く必要がなくなるかもしれない。

あなたはその可能性を、考えているんですよね。

久人さんがおさまるはずだったポジションには、お義父さまたちの本当の息子さんが立つ。つまり自分は不要になると、そう思っているんですよね。

正面から尋ねたところで、『それはまだわからないよ』とか、そういう曖昧な返事しか来ないに違いない。久人さんの思考は、考えられない部分をごく自然に迂回《うかい》する。

「そう、ですか……」

「今後のスケジュールの入れかたも変わってくるから、あとでイメージを共有するね。ごめん、言うのが遅れて」

「いえ」

私は身体の前で組みあわせた手を、ぎゅっと握った。

「お話をお待ちしております」

「うん」

久人さんの笑顔には、なんの曇りもない。私ばかりが痛くて悲しい。

泣きたい気持ちに駆られたけれど、泣いたところで、涙の理由がわからなくて久人さんが困るだけ、ということもわかっていた。


夕方、私が退社するとき、久人さんはまだ仕事をしていた。家に着いてすぐ、樹生さんに電話をした。

『久人の入社がなくなる？　いや、そんな話はない。少なくとも俺は聞いてない』

「そうですよね……」

その話が、もしかして本当に進んでいるのではと思ったのだけれど、違った。

『久人は、そうなると思ってる感じ？』

「……たぶん」

ため息が聞こえる。

『まあ、俺が久人でも、そのことは考えると思う。血のつながった息子とつながってない息子、どっちに跡を継がせたいかなんて、わかりきってるよね』

「樹生さん！」

思わず咎めた私に、『ごめん、冗談が過ぎた』と彼はすぐに謝った。

『伯父さんたちの考えはわからないけど、こんなに急いで会いに行く理由なんて、ほかに見つからない。久人が疑心暗鬼になるのもわかる』

「疑心暗鬼なら、まだいいんです」

リビングのソファに座り、冷房を強めた。日当たりのいいこの部屋は、昼間さんざん温められたぶんのぬくもりが、帰るころにも残っている。

樹生さんが『そうだね』とぽつりと言った。

『あいつは、あきらめるね』

はい、たぶんもう、あきらめています。商社に行くことも、跡継ぎとして高塚に必要とされることも。お義父さまたちの息子でいることも。

あきらめたという自覚もないままに。まるで最初から、自分にそんな資格はなかったのだと知っていたとでもいうように。

通話を終え、携帯をテーブルに置いたとき、天板の下の棚板に、なにかがのっているのを見つけた。お義父さまからいただいた、食事会のお礼状だった。

きちんとしまわなくちゃ、と思いつつ、何度か読んだそれを、また開いた。ブルーのインクでしたためられた、簡潔な手紙。

吸い寄せられるように、最後の一文に目が行った。

『遅くなるよ』と電話があったとき、「何時になっても待っています」と答えた私に、久人さんは少し不思議そうな声で『うん？』と言った。

そして予告したよりちょっとだけ早く帰ってきた。

「なにか話でもあった？」

きっとこれを聞くために、がんばって仕事を終わらせてきてくれたのだ。

他人には、そういう優しさを発揮できる人なのに。

「はい、お時間ありますか？」

「うん、着替えてくるから、待ってて」

久人さんは寝室に消え、すぐに部屋着になってリビングに戻ってきた。

ソファの彼の対面に座ろうとしたら、「え、そんなあらたまった話？」と驚かれたので、彼の隣に座り直した。

「お義父さまとお話をしましょう、久人さん」

「え？」

私は身体を彼のほうに向け、手を取った。

「まず、直接お話ししましょう。全部それからです」

「全部って？」

「久人さんが想像なさっていることです。お義父さまがどなたかに会いに行った目的も、捜していた理由も、私たち知らないじゃないですか。考えるのはやめましょう、帰られたらすぐ、お義父さまたちとお会いしましょう」

案の定、久人さんは困惑の表情で、言葉を失ってしまった。

「……えっと」

「今、お義父さまの息子は、久人さん、あなただけです」

「それはまあ、あくまで、今は、でさ」

「どうして勝手に、終わってしまうと思うんです？」

私はテーブルから先ほどのお礼状を取り、久人さんに握らせた。怪訝《けげん》そうにしながらも、彼が便箋を開く。

「これが、どうしたの……？」

「最後の文章を見てください。わかりませんか、お義父さまのおっしゃりたいこと」

久人さんの視線が、便箋の端のほうへ移動する。

【久人、幸せな家庭を築く力を、あなたが持っていることを、うれしく思います】

最初に読んだときは、養親が子どもに送る、ありふれた温かいメッセージのひとつだと感じただけだった。だけど、久人さんの欠けた部分を知った今、文字がまったく違った重みを持って飛びこんでくる。

──幸せな家庭を築く力を、あなたが持っていることを、うれしく思います。

夏らしいあじさいの透かしが入った、きれいな便箋。白紙が一枚添えられている。

封筒の宛名もお義父さまの字だ。切手まで美しい。

「これでも信じられませんか。感じませんか？」

「なにを？」

「お義父さまの、愛情です！」

私たちの家まで足を運んで、いろいろなものに触れ、確認して、彼は心から安堵したのだ。そして帰ってから、息子に宛てて手紙を書いた。丁寧に丁寧に。

家庭というものを知らずに幼少期を過ごした久人さんが、彼なりの家庭を手にしつつあることを、静かに喜びながら。

封書全体から伝わってくる、お義父さまの久人さんへの想い。

これが愛でなくて、なんです？

「信じてるよ、だから、恩を返すつもりで……」

「そういう貸し借りの話じゃありません。お義父さまは、久人さんからなにか返してほしいわけじゃないんです。久人さん自身に、幸せになってもらいたいんですよ、それだけなんです」

わかりませんか、久人さん。

だれかの幸せを、心から願うこと。そのために自分を注げること。

「それこそが、愛情です」

久人さんは黙ってしまった。手に持った便箋に視線を落とし、でも文面を読んでいるふうでもない。

「自分の価値に不安がありますか。でもそれと、お義父さまの愛情を疑うのとは別です。お義父さまを尊敬しているなら、お義父さまに選ばれたご自分をもっと、信じてあげてください」

「信じて、るよ」

「跡継ぎとしてでなく。久人さん自身がお義父さまに愛されていると、信じていただきたいんです」

また黙ってしまう。うつむいたきり、こちらを向いてくれないので、私は彼の正面にひざまずき、下からのぞきこんだ。

「お義父さまは、血がつながっているからという理由だけで、久人さんよりもうひとりの息子さんを贔屓《ひいき》するような方ではないと、私は感じます」

久人さんは目を合わせず、手紙を見つめている。

「そんな方だったら、久人さんがここまで尊敬するはずない」

彼の瞳に、少しだけ光が宿った気がした。私は彼の手を握り、言葉を吸収してくれますようにと願った。

「私がお義父さまのなにを知っている、と思いますか？　知りません。久人さんのほうがよくご存じです。ずっと近くにいたんだもの！」

　伝わりますように。

「私が信じているのは、久人さんです」

　今度こそ、久人さんの表情に、なにかが表れた。

「わかりますか、信頼ってそういうものです。つながってるんです。自分を信じきれなければ、自分へ向けられる愛情も信じられない」

　はっと視線が動き出し、さまよって、こわごわ私のほうを向く。

「少し変わるだけで、お義父さまのお気持ちが見えるはず」

　がんばって、久人さん。

　お義父さまへの信頼が揺れて、つらいんじゃないですか。それは違います。久人さんが信じていないのは、ご自分のことです。

　自分を信じてみてください。そうしたら、もっと信じたいものが見えてきます。

　かさかさと、かすかな音がした。手紙を握る久人さんの手が震えている。

「……俺ね、見合いのとき、桃を気に入ったの、ご両親がもういないってところだったんだ。これなら、よけいなものを見なくて済むかなと思った。家族ドラマとかさ、俺、ほんと苦手で。嫌いじゃないんだけど、全然理解できなくて、困る……」

　ぽつぽつと、自分につぶやくみたいに、小さな声で語る。震えの止まらない手を握ったら、「だけどね」とようやく私の目を見てくれた。

「桃と過ごすうち、桃が、ご両親の愛情をいっぱいに浴びて、それを全部信じて、動力に変えて生きてる子なんだってわかったとき」

ふいに、彼の声が揺れた。

「なんて、俺と違うんだろうって」

熱い手が、私の手を握り返してくる。私も夢中でそれを握った。

「まぶしくて、憧れて……」

久人さんはゆっくり身体を折り、つないだ手に額をくっつけて、祈るような格好を取った。腕に顔を埋めて、きつく私の手を握る。

「こんな子がそばにいてくれたら、俺も、なにか変わるかもって、思った」

自由なほうの手で、彼を力いっぱい抱きしめた。

変わりたかったんですね、久人さん。

自分にはなにかが足りないって、気づいてあせっていたんですね。

だけど餓《う》えた自分に、自分でも目をそむけることしかできなくて。一番欲しいものを、欲しいと求める勇気が、どうしても持てなくて。

長い間ひとりきりであがいていた、孤独な久人さん。

私の腕の中で、背中を震わせて、きっと泣いている。いつも頼もしく感じる大きな背中を、今日は守ってあげたいと思った。

「私、ずっと一緒にいますよ」

自分と違う、と突き放さずにいてくれてありがとう。それだけで、あなたはちゃんと勇気のある人だとわかります。どうかそのことに、自分で気づいて。

「俺、最悪な奴だよ」

「私の夫です。そんな人が、そんなに最悪なわけありません」

久人さんの震えが、だんだんとおさまってくる。彼が頭を私の肩にのせた。私は、すっきり整えられた黒い髪をなでた。

力ない苦笑が聞こえる。

「すごい自信だね……」

私はきっぱりと返事をした。

「これが、愛です」

思わずといった感じに、久人さんがぱっと顔を上げる。私たちは正面から顔を見あわせるはめになった。

ぽかんとしていた彼の表情が、微笑みに変わる。自然とお互いの身体に腕を回して、しっかりと抱きあった。彼の背中を、そっとなでる。

信じてね、久人さん。

あなたは愛されています。

しばらくの間、私たちはそうやって抱きあっていた。私の存在を確かめるみたいに、頭や首や背中をひっきりなしになでていた久人さんの手が、あるとき止まった。

考えごとでもしているような、変な無言の間があく。

「あのさ、桃」

「はい」

「あの、もしよければなんだけど、いやならいやって言ってくればいいんだけど」

はい、と抱きしめられたまま、私は答えた。

「このまま抱いていい？」

一瞬、ちょっとよく意味がわからなかった。久人さんて直球だなあ。

私の感覚では、こういうストレートさというものは自信の表れで、ここでNOと言われたところで、自分が全否定されたわけじゃないと正しく受け止めることのできる人が発揮するものなんだけれど。

どうしてこれが言えて、ご両親の愛を信じられないのか。これが樹生さんも言っていた〝バランス〟の悪さか。

返事をするのも忘れて考えにふける私に、久人さんが弁明を始める。

「俺もけっこう我慢したから、限界っていうか、いや、俺の限界っていうと語弊《ごへい》があるんだけど、どっちかっていったら、変わったのは桃のほうでね」

「私？」

腕から抜け出して、彼の顔を見た。途方に暮れたような表情が、力なく私を見返す。

「桃、どんどん色っぽくなってるの、気づいてる？」

それこそ、その限界とやらの影響でそう見えているだけなのでは、と言おうとしたけれど、やめた。もっといいことを思いついたからだ。

「はい、抱かれます」

「凛々しい返事だなあ」

「ですが条件があります」

なにを想像したのか、「えっ」と久人さんの顔に警戒の色が浮かぶ。

私は彼の両手を取った。

「私、久人さんが好きです」

彼の視線の動きが止まった。慎重に、私の声に耳を澄ましているのがわかる。

「それを信じてくださるなら、抱かれます」

ねえ、わかりますか？

最初から、きっとうまくいくって思っていた。だけどやっぱり、それだけじゃダメでした。人と人が一緒にいるには、〝うまくいく〟以上のなにかが必要で。

今では私、そんなに〝うまく〟いかなくてもいいっていう自信があります。それでもなんとか、歩いていけるだろうって。

あなたと手をつないでさえいれば。

「全部好きです。毎日好きです。会社の久人さんも家の久人さんも好きです。これから久人さんが変わるなら、それも好き。それから、まだあまり聞かせていただいていない、昔の久人さんも」

温かい手を、ぎゅっと握る。

「絶対に好きです。なぜなら、久人さんなので」

じっと聞いている久人さんが、まるで難題を出された生徒みたいに見える。

私は笑いながら立ち上がった。身を屈め、彼のこめかみにキスをする。

「どうです、信じられそうですか?」

くすぐったそうに目をすがめてキスを受けていた久人さんが、ふいに私の手を強く握った。まっすぐ見上げてくる彼らしい眼差しには、まだほんの少しの迷いがある。

その顔が、照れくさそうに笑った。

「たぶん……」

私は抱きついて、今のところは合格です、と全身で伝えた。

信じてください

「なにをですか？」

久人さんがベッドに上がってきた。彼が手をつくと、私の横のマットレスがたわむ。

寝室は暗く、廊下のライトが届くだけだ。この部屋に入ったとき、久人さんが『閉めると緊張しちゃうでしょ』と少しだけドアを開けておいたのだ。

私の上に覆いかぶさるようにして、久人さんが顔を見下ろす。

「想像した？」

「はじめての瞬間とか」

「あ、うーん……」

両手が頬を挟み、頭をなで、顎をくすぐる。

「しようとしたことはあるんですけど、正直、知識が足りなくて、できませんでした」

「桃っぽい」

くすくす笑う久人さんにが、「桃」と静かな声で呼んだとき、私はこれからなにが起こるのか、ふいに強く実感した。

「すごく痛いと思う」

「はい……」

「でも、心配ないから。痛くても大丈夫だから。我慢する必要もないし、やめたくなったらやめてもいい。絶対に桃を傷つけないから」

急にドキドキしてきた。「はい」と返した声は震えていて、たぶん久人さんを心配させた。彼が両手で私の顔を包みこみ、まっすぐ目をのぞきこむ。

「俺のこと、信じて」

ずるいです。私が信じてほしがったときは、『たぶん』なんて答えしか返さなかったくせに、あなたがそれを言うの。

こうなったらお手本を見せなければ、という妙な自尊心が湧いてきて、私は必要以上にきっぱりと返事をした。

「はい、信じます」

久人さんが不意打ちをくらったみたいにきょとんとする。それから困ったように笑い、私をふんわり抱きしめ、耳元でささやいた。

「怖がらないでね」

——ピッという音がした。久人さんがエアコンのスイッチを入れたのだ。

ひんやりした風が火照った頬を冷やす。気持ちいい。

「桃？」

久人さんが私の顔をのぞきこんだ。彼の首筋にも、汗が浮いている。どうしてそんなことが、こんなにうれしいんだろう。

「がんばったね。身体、大丈夫？」

「はい」

「どうだった？」

はにかんで尋ねる様子には、彼らしい自信と、素直な不安が垣間見えてかわいい。

濡れた前髪をかき上げてあげると、目を細めてその手に懐いてくる。

「私、絶対に浮気しないと思います」

「いきなり不吉なワード出すね」

「こんなこと、本当に好きな人とじゃなきゃ、できません」

私の頭をなでながら、久人さんがにこっと微笑んだ。

「いっぱいしようね。なんでも教えてあげる」

「なんでもって、なんですか？」

「桃がどのへんで気持ちよくなるのか、とか」

あ、そういうの？

「教わるものですか？」

「男が教えてあげなきゃ、女の子は気づかないままだよ」

「人によって、そんなに違うものですか？」

「え？　うん、まあ、けっこう違うと思う……けど」

なぜか久人さんは急に口ごもった。

「じゃあ、お願いします」

知りたいです、いろいろ。

明日の朝、目が覚めたら別の自分になっている気がする。

こんな時間の過ごしかたがあるなんて、想像もしなかった。だれかと体温を分けあって、汗も呼吸もひとつになる。

世の中の人って、みんなこんな体験をしていて、なのにあんなに平然と、昼の街で暮らしているの？

久人さんだってそうだ。この甘さと熱っぽさを、いつもは全然見せずに、あんなにさっぱりと、朗らかに『桃』なんて呼んだりして。

いつ切り替わるの？　なにがきっかけで、気分が変わるの？　あの清潔なスーツの下で、スイッチが入る瞬間が、あるの？

「ねえ桃ー、よくない顔してるよ、やめてよ」

「えっ、よくないとは、どんな」

「なんかやらかしそうな、キラッキラした感じ」

「やらかしそう？」

怖い怖い、とぼやきながら、久人さんが私の頭をぐしゃぐしゃとかき回す。

「俺の経験則でいくと、遅咲きの子は、道を誤ると大変なことになる」

「はあ……」

「だからしばらくは、桃のことは俺がコントロールするからね。興味本位で無謀なことしないように」

「無謀なことって、たとえばなんですか？」

「それを教えちゃったら、意味ないだろ！」

「ええ……？」

なにを懸念されているのかよくわからない。思わず寄せた眉間のしわを、久人さんが人差し指でつついた。

「約束だよ、いかがわしい情報を鵜呑《うの》みにしたり、だれかのおもしろ半分のアドバイスを聞いたりするんじゃないよ」

「はい」

「試してみたいこととか気になることがあれば、俺に言うんだよ」

「はい……？」

とりあえず久人さんの中では、回避したいなにかが明確にイメージされていることはわかった。逆らう気もないので、従順にうなずいた。

「久人さんも、約束してくださいね」

「うん?」

「私、久人さんだけです。こういうことをするのも、一緒にいるのも、好きだからです。結婚したからじゃないです。そのこと、信じてください」

久人さんの、きれいな形の目が、ぱちりと一度瞬きをする。そして柔らかく微笑んで、ちょっと困った顔で、「うん」とうなずいた。

「信じられると思う」

ぎゅっと抱きしめられる。

ふわふわのベッドと、久人さんの身体の間で押しつぶされる幸せ。

「桃、あったかい」

久人さんはそう言って、私のことを片時も離そうとせず、そのまま健やかな寝息をたてて眠ってしまった。


「起こしてよ、桃ー」

翌朝、メイクする私のうしろで、久人さんがバタバタと出勤の準備をしている。

「だって、いつもの時間にはまだあったので……」

「今日は早く出るんだって」

「聞いてないです」

「言ってないけどさ！」

えっ、どうしろと？

あらかた終えたところで、「はい次、俺！」と家具かなにかみたいに持ち上げられ、洗面台の前からどかされた。といってももう髭《ひげ》もそり終えているから、髪のセットと歯磨きだけだ。

私はダイニングに行き、久人さんが放り出したと思しき上着と鞄を拾い上げて戻り、廊下で待機した。すぐに彼が洗面所から飛び出してくる。

「はい、どうぞ」

「ありがと」

上着を着せかけ、鞄を渡す。

ネクタイを結ぶ時間もなかったらしい、珍しくノータイだ。そういえばネクタイの結びかたを教えてもらおうと思っていたんだった。今度お願いしてみよう。

「行ってらっしゃい」

「うん」

慌ただしく靴に足を入れ、久人さんが振り返った。

「行ってくる」

唇に落とされる、優しいキス。ただの行ってきますのあいさつというには、ちょっと甘い。『ゆうべのこと、忘れてないよ』そんな感じのキスだ。

「……朝は、どちらに出社を？」

久人さんは少し言いづらそうに、「商社に」とつぶやく。私は彼の手を握った。

その調子です。信じてください、あなたの居場所はあります。

あなたがあきらめてしまわない限り。

ためらいがちに、にこっと微笑み、久人さんは出ていった。

身支度の仕上げと、家の片づけをするためにあちこち動き回りはじめたとき、インターホンが鳴った。こんな時間に、なんだろう。

モニターをのぞいて、仰天した。

「お義父さま……！」

お義父さまとお義母さまは、旅装だった。ふたりともスーツケースを引き、スマートなカジュアルウェアだ。お義父さまはポロシャツにチノパン。お義母さまは機内でしわにならなそうな、シフォン素材のワンピース。

久人さんがいないことを知ると、そろってため息をついた。

「行き違いになってしまったか……」

「あの、連絡を取ってみましょうか？」

「いや、それには及びません、ありがとう」

お母さまが大ぶりなサングラスをはずす。

「ごめんなさい、朝なら捕まると思って、こんな非常識な時刻に来たのに……」

「お上がりになってください。なにかお飲みになりますか？」

「いや、久人がいないのであれば……」

遠慮しかけたお義父さまの腕に、お義母さまがそっと手を置いた。

「久人のお嫁さんなのよ」

「……そうか、そうだな」

お義父さまはうなずき、ゆっくりと頭の上のハットを取る。

「失礼した。桃子さんにも、聞いてもらわなければいけない話だね」

知性と、深い優しさをたたえた瞳が私を見る。私は、彼らがなんの話をしに来たのかと緊張しながらも、震えるほど感激した。収納を開け、スリッパを二足取り出す。

「ありがとうございます、どうぞ……」

突然、玄関のドアが開いた。息を切らして飛びこんできたのは、久人さんだった。

「久人さん！」

「久人……！」

ぜえぜえと肩を揺らし、中にいた両親を見つめている。

「なにか忘れ物ですか？　私、取ってきます」

慌てる私に、無言で首を振る。視線はお義父さまたちに向けたままだ。

「駅の近くで、うちの車と、すれ違って……」

お義父さまが目を見開き、身体ごと久人さんのほうへ向き直った。

「それで戻ってきたのか」

「……いらしているんじゃないかと思って」

「旅先から、何度も電話したんだぞ」

荒い息を整えるように、久人さんが咳払いをする。

「それは……申し訳ありませんでした。僕のほうがまだ、お話しできるほど整理できていなくて……その」

ちらっと私を見て、「昨日までは」とつけ加えた。

思わず、持ったままのスリッパを握りしめた。同じように、久人さんの鞄を持つ手にも力が入ったのが見える。

「本当の、息子さんに会いに行っていたんですよね、無事に会えましたか」

「私たちは、本人でなく、彼を育ててくれた夫妻に会いに行ったんだよ」

目を伏せ、お義父さまは思いを馳せるようにつぶやく。

「立派に育ててあげてくれていたよ」

「……父さん、母さん」

その声は、玄関先という場に似つかわしくない真剣みを帯びていて、私を含め、たぶんだれもが驚いた。久人さんは決死の表情を浮かべていた。

「僕は、あなたがたに拾われた恩を、まだ返していない。一生をかけて、返したいんです。どうかその資格を、僕にください」

途中で遮られたら、もう続きを言えない。そう思っているような声だった。必死で、夢中で、久人さんが心の中を、言葉にしている。

「久人……」

「高塚の当主の座も、会社での役職もいりません。跡取りという立場も、取り上げてくださってけっこうです。でも」

浴びせられる視線に耐えきれなくなったみたいに、一度うつむく。けれどすぐに、再び顔を上げた。

「ひとつだけ、わがままを聞いてください」

言葉ほどに、声は決然《けつぜん》とはしていない。お義父さまと目を合わせた瞬間、彼の瞳が潤む。揺れた声で、久人さんは吐き出した。

「僕は、父さんと母さんの息子でいたい」

静かな声だったけれど、叫びだと感じた。

愕然とした表情で聞いていたお義父さまが片手を伸ばし、震える久人さんの頭を、そっと抱き寄せた。

青空

「久人……」

お義父さまはそう呼んだきり、どう言葉をかけていいかわからないようだった。父親の肩に頭を預け、久人さんは身体を小さく震わせている。振り絞るように心の中をさらけ出した名残だ。どれほどの決意だったのか。

ふたりとも長身だ。顔立ちが似ているかと言われたら、当然ながら似ていないのだけれど、じゃあ親子に見えないかといったら、そんなことはない。

「……先方は、高塚がいつか、子どもを取り返しに来るのではないかとずっと怯えていたそうだ」

びく、と久人さんの肩が震える。なだめるように頭をなで、お義父さまは続けた。

「そんなことはしないと、一刻も早く安心してもらいたかった。母さんとすぐに飛んだのは、そのためだ」

「久人と連絡が取れなくて困っているとき、樹生くんが電話をよこしてくれたのよ」

見守っていたお義母さまが口を開いた。ふたりのほうへ近寄り、久人さんの肩に優しく手を置く。

「すぐに久人と会ってやってほしいって」

「お前が、私たちの行動を気にしているだろうとは思っていた。だがこれほどお前を追いつめていたとは、思いが至らなかった……すまない」

久人さんの肩を両手でつかみ、お義父さまは彼をしゃんと立たせた。久人さんの前髪はくしゃくしゃになり、額が見えていて、目は赤くなっている。

小さな子どもみたいなその様子を、お義父さまとお義母さまは、まぶしいものでも見るように、目を細めて見つめていた。

「我々も、これをずっと言いたかったが、言えなかった。やっと言える」

期待と不安が半々の瞳で、食い入るように久人さんが見つめている。その過ぎるほどの忠誠心を、お義父さまはまっすぐ受け止め、微笑んだ。

「私たちの息子は、お前だよ、久人」

久人さんの顔がゆがんだ。

「二十年前、はじめて会ったときからね」

言いながら、再び息子を抱き寄せる。今度は両手で、しっかりと。

久人さんは抱きかかえられるままになり、お義父さまの肩に頭をすりつけて、嗚咽《おえつ》を噛み殺していた。

おふたりが結婚する前、お義父さまには政略結婚の話が進められていたそうだ。

「この人はそれを蹴って、私と一緒になったの」

お義母さまが微笑み、隣に座るお義父さまの手をそっと叩く。

リビングに場所を移し、私たちは彼らの物語に耳を澄ましていた。私はもちろんはじめて知ることばかりだ。久人さんも、本人たちから聞いたことはなかったらしい。

「親族の……噂話などから、なんとなく想像していました」

「一度、きちんと話すべきだったな。ある程度成長してからと思っているうちに、もう振り返る必要はないと思うようになってしまった」

コーヒーカップの感触を確かめるように、両手でじっと挟み、お義父さまは対面の久人さんに、慈《いつく》しむような、詫《わ》びるような眼差しを向けた。

「お前は、がんじがらめになっていたのにな」

「いえ、僕が、未熟で……」

「お前の立場を考えたら当然のことだ。これは親である我々の責任だ」

ふう、と静かな息をつき、お義父さまは話しはじめた。

「私たちは勘当同然で結婚生活を送っていた。そのうち男の子が産まれた。ちょうど同時期、高塚の当主だった私の父が、戻ってこいと言ってくるようになった。跡継ぎに困っていたんだ。私以外に子はいないからね」

「悩んだわね」

「悩んだ。私は一族の根回しで就職にも苦労していた。生活は楽ではなかった」

当時を思い出すように、しみじみとふたりがうなずきあう。「だが断った」とお義父さまが言った。

「そこで戻れば、必ず次の世代でも跡目争いが起こる。子どもをそういうことに巻きこみたくなかった」

「〝長老会〟は怒ったわ。許してやろうとしたのに、それを蹴ったのだから当然ね。それからの争いは長かった。私たちは何度も引っ越して逃げた。けれどついに居場所を突き止められ、子どもを取り上げられてしまったの。四歳になる直前だった」

お義母さまの目元に、涙が滲む。

「ある日、幼稚園から帰ってこなくて、それきり。身体が引き裂かれるようだった」

「なぜ、子どもを……？」

久人さんの問いに、お義父さまが奥歯を噛みしめたのがわかった。

「私がだれに反抗したのかを、思い知らせるためだろうな。『子どもは返さない』と父ははっきり言った。高塚は半端なことはしない。もう二度と子どもには会えないと私たちは悟った」

そこでひと息つき、コーヒーを飲むと、少し抑えた声でまた話し出す。

「高塚の名前も見たくなかった。だが子どもの情報は高塚にある。一縷《いちる》の望みをかけて、私は高塚に戻った。しかし情報を手に入れる前に父は急死し、私は否応なしに当主を継ぐことになった。それからの数年は、忙《せわ》しなくて記憶がないほどだ。今の会社で一から勉強し、成果を上げ、小うるさい目付け役たちを黙らせなければいけなかった。あっという間に五年がたち、私たちの生活はようやく落ち着いた。そこで気づいた。なにも持っていないことに」

そこで言葉は途切れた。私も久人さんも、相槌《あいづち》すら打てずに待った。このあとに語られるのが、久人さんとの出会いだとわかっていたからだ。

長い沈黙が下り、私は空気を変えたほうがいい気がした。コーヒーを新しくいれようと席を立とうとした瞬間、お義父さまが口を開いた。

「私は後継者が欲しいと思った」

だれも、なにも言わなかった。お義父さまが久人さんに、ちらっと視線を向ける。

「矛盾していると思うだろう」

「いえ、あの……」

久人さんは迷った末、「はい」と正直に答えた。お義父さまが微笑む。

「同じことがくり返されるのは、もういやだったんだ。後継者を育て、守り、だれもが認める中ですべてを継承してやりたい。盲目的に世襲が行われ、値踏みの視線の中で生きなければいけないこの因習を打破したい。それができてこそ、自分のそれまでの人生にも意味があったといえる。そう考えた」

彼はひとつうなずき、目を伏せた。

「そこで探した。そして見つけた」

「どうして、その……本当の子どものほうを捜さなかったんです？」

「捜していた。だがどのみちもう、我々のことなど忘れているだろうとあきらめてもいた。『子ども自身について案ずる必要はない』と生前父は言っていた。彼の認めた家に預けたのだと受け取った。だとしたら子どもには新しい人生がすでに始まっている。その家族にもだ。それを取り上げてしまっては……」

続きは説明されなかった。だけどわかった。それをしたら、お義父さまたちが味わったのと同じ苦しみを味わわせることになる。だからできなかったのだ。

おふたりは話しあい、養子を迎えようと決め、代理人を立てて探した。けれど見せられるのは履歴書のような書類ばかりで、家族を求める手続きとは違うと感じた。そこで、施設に足を運んだ。

「よく覚えているよ、最初に訪れた場所で、偶然お前と会った。中庭で目が合って……お前は会釈をしてくれた。警戒していたが、目つきには好奇心が隠れていた。だがその好奇心を発揮する機会を得ていない。すぐにそれがわかった」

我々はね、とお義父さまが懐かしむように言う。

「〝こういう子が欲しい〟と探していたわけではないんだよ。家族になるべき子に会えば、なにか感じるだろうと信じていた。思ったとおり、お前を見た瞬間に……」

父と息子が見つめあった。

「この子の親になりたいと思ったんだよ」


久人さんの前のコーヒーカップを、トレイにのせた。

「もう一杯お飲みになりますか？」

カップには半分ほど残っているものの、冷めきっている。返事はなかった。

お義父さまたちが帰り、ひとりになったソファで、久人さんはぼんやりしている。

私はカップを下げ、いれ直したコーヒーを持ってリビングに戻った。

「俺、自分のお客さんを連れて、小さくていいからじっくり寄り添える会社を、新しく作ろうかなあ」

湯気の立つカップを彼の前に置き、足元に屈みこむ。

「すてきだと思います。私もお手伝いさせていただけますか？」

久人さんが、ちらっと目線をこちらによこす。

「それはちょっと保留だなあ」

「えっ」

「桃が職場にいたら俺、気が散っちゃうしなあ」

「えっ？」

今もいますよね？

彼が、自分の隣をぽんぽんと叩いた。座れということだと理解し、私は従った。腰を下ろすと同時に腕が伸びてきて、私の肩を抱き寄せる。

「父さんたちも、縛られてたんだな……」

私の頭のてっぺんに頬をのせ、久人さんがつぶやいた。私は黙っていた。返事を求められているのではないとわかったからだ。

『お前が来てからの日々は楽しかった。家の中が明るく生まれ変わった』

お義父さまはしみじみそう言った。

かつて子どもを守りきれず、一族の暴虐《ぼうぎゃく》に巻きこんでしまった後悔を抱え、久人さんを同じ目には遭わせまいと、極力親族からの横槍を退けて育てた。そうできる立場にお義父さまはなっていたし、今度こそ大切な存在を守り抜くと決めていたのだ。

「そういえば俺、会社を継げとも結婚しろとも、父さんから直接言われてはいなかったよ。ただ、そういう慣習なんだって信じてただけで」

「排除しきれなかったノイズですね」

高塚には〝親族会議〟と呼ばれる集まりが定期的にあり、さすがにそれをすべてすっぽかすわけにはいかない。そういう場で、お義父さまが払いのけたかった情報の一部が久人さんに流れこむのは避けられなかった。

「お見合いのお話は？」

「親族会議経由で、俺のところに来た」

「お義父さまが止めずにいてくださって、よかった」

無理に結婚する必要などないと中断でもされていたら、こんな今はなかったわけだ。そこだけはさいわいだった。

「最初は俺も適当に流してたからな。でも桃と結婚するって決めたとき、父さんも母さんも歓迎ムードだったよ。ふたりも桃のこと、気に入ったんだろうね」

「本当ですか」

そうだとしたら、すごくうれしい。

家との縁を切ってまで結婚したふたりだ。義務でする結婚なんて、もっとも嫌うところだっただろうに。大事な息子の伴侶に、私を認めてくれたと思うと誇らしい。

「桃になにか感じたのかなあ」

「久人さんと出会ったときみたいに、ですね」

捜しあてた息子さんは、育った地元で公務員になっているそうだ。

『恥ずかしながら、彼を我々の会社に呼びたいと提案もしたんだよ。自分たちの力で幸せにやっていきます、と代理人を通して丁寧な断りをもらった』

　お義父さまは苦笑し、久人さんに話しかけた。

『お前も、やりたいことがあるんじゃないのか』

『えっ……』

『私は高塚を変えたくて、お前を後継者にと考えてきた。もちろん、お前がいやなら無理強いはしないつもりだった。だが独りよがりだったな』

　久人さんは瞬きもせず、じっと聞いていた。

『私の言葉足らずで、長年苦しめてすまない。跡など継がなくても、お前が息子であることに変わりはない。お前はお前のやりたいように生きなさい』

　久人さんはそれを聞くと呆然としてしまい、『僕のやりたいように』とくり返し、両親を笑わせた。

　ふーっと真横でため息をつく音がする。きっと同じ言葉を思い出していたんだろう。

　久人さんは、考えたことがなかったのだ。

　彼らの息子でいるために跡を継ぐ、それ以外の人生を。

「どうしよう……」

「ゆっくり考えたらいいと思います。なんなら予定どおり商社に入ってもいいと、お義父さまもおっしゃっていたじゃないですか」

「もう、頭が混乱してさ……」

顔をしかめ、頭をぱりぱりとかいている。心底途方に暮れているようだ。

その手が、ふいに止まった。

「あれ？」

「どうしました？」

「なんか、身体が……」

ずし、とこちらに体重がかかる。あきらかに様子がおかしいので、私は慌てた。

「大丈夫ですか、久人さん」

なにか言っているみたいだけれど、聞こえない。

「久人さん！」

彼はそのままずるずると、ソファに倒れこんだ。


「はい、フルーツヨーグルトです。ミントの葉も添えました」

「どうせ味なんかわからないから、いちいち凝らなくていいよ」

不機嫌な顔が、寝室のベッドから見上げてくる。私は気にせず、彼の口元にスプーンを持っていった。

「どうぞ、あーんです」

「なんでそんな機嫌いいの？」

そうやってふくれている久人さんがかわいいからです。

とは言わず、ふた口目を食べさせる。

「次原さんから、『たまにはゆっくり養生《ようじょう》するといいですよ』とのことです」

「生意気だな」

枕の位置を直しながら、はん、と吐き捨てる。

久人さんて具合が悪くなると、機嫌も悪くなるんだ、覚えておこう。

彼自身、体調を崩すことはまれだったらしい。『なにこれ身体痛い』と泣き言を漏らし、『仕事したい』とごね、しかしどうやったって身体が動かないので、こうして不承不承、寝ている。

「うつるからあっち行っててよ」

「知恵熱がどうしてうつるんです」

ますますご機嫌斜めになるのを、気分いいなあ、と眺めていたら、まさかの舌打ちまでされた。

「商社のほうへは、お義父さまから休みの連絡を入れていただきました」

「……父さん、俺が高熱って聞いて、なんて言ってた？」

「笑ってらっしゃいました」

枕に顔を埋めてしまう。よほど不甲斐ない思いをしているに違いない。

私はブランケットの上から、彼の背中をポンポンと叩いた。

「好意的な笑いでしたよ。それと驚かれていました。そこまで気を張っていたのかと、申し訳ながって」

「そうなるよねー、あー情けない……」

弱々しくこぼす久人さんには言えないけれど、次原さんも似たような反応だった。高熱の原因を『気が緩んだみたいで』と伝えただけでなにか察したらしい。『しょうがない人ですね』と噴き出し、それからほっとしたように言った。

『自由になったんですかね？』

ねえ久人さん。きっと今は、いきなり解き放たれて、虚空《こくう》で迷子になっている状態だと思います。だけど急がなくていいんですよ。

行きたい場所が見つかるまで、ゆっくり漂っていましょうね。

私、隣にいます。

……そういえば、とそこで思い出した。

「あの、どうして私は、新しい会社に呼んでいただけないんでしょうか」

うつぶせで枕に埋まっていた顔が、ぐるんとこちらを向いた。

「言ったでしょ、気が散るから」

「でも、今の会社には置いてくださったのに……」

「〝秘書が奥さん〟なのは、べつにいいんだよ」

「え？」

それと新しい会社と、なにが違うの？

「やっぱり立ち上げとなると、身内がいたらやりにくいですか？」

「ちょっとこっちにおいで」

「えっ？」

手招きに従い、私はベッドの上に身を乗り出した。すると腕を勢いよく引かれ、久人さんの上に倒れこむはめになった。

「きゃあ！」

「一緒に寝る？」

「はい？」

ぐるっと身体をひっくり返され、いつの間にか私は、久人さんを見上げていた。にやにやしている顔を見て、なにを言われたのか理解する。

「熱があるんですよ」

「桃と遊べば下がるかも」

「いきなりどうしたんですか？」

「いきなりじゃないよ」

なにを言うんです、と押しのけようとした身体があんまり熱いので、びっくりした。これは絶対に寝かせないとだめだ。

「久人さん……」

「問題は、桃が今、俺にとってどんな存在かってこと。俺はさ、好きな子がすぐそばにいて、その子が俺のためにあれこれ立ち働いてくれたりするのを見ちゃったら」

え……。

「我慢できなくなるくらいには、人間できてないんだよ」

ぽかんとした私を、いたずらっぽい笑みが見下ろす。

視界がみるみるゆがんできて、私は彼の肩に顔を押しつけた。

「なんで泣くのさ」

久人さんが楽しそうに言って、私の頭を抱きしめてくれる。

うれしいからですよ。好きって言ってくれたのもうれしいですが、それ以上に。そう言えるくらい、自分自身を信じてくれたのがうれしい。

だれかを好きになっていいんだと、それを表していいんだと、自信を持ってくれたのがうれしい。もしかしてその自信の根っこに、私の久人さんへの想いが少しでも影響しているのなら、さらにうれしい。

「泣かないでよ、桃。笑って」

胸に抱いた私の頭を、優しい手がなでる。

「じつは笑ってます」

私は泣き笑いの顔を見せた。「ほんとだ」と私の頬の涙を手のひらでごしごし拭い、久人さんは私にキスをする。

「好きだよ」

「私もです」

「俺たち、これから楽しいねえ」

さっきまでの不機嫌はどこへやら、私の髪に指を通しながら、にこにこしている。

「好きな子と一緒に暮らせて、しかももう奥さんとか、最高じゃない？」

「最高だと思います」

「たまにはけんかもしようね」

「火種になるようなこと、あるでしょうか？」

意見の相違くらいは生じるだろうけれど、さすがにこれだけ年上の久人さんと、けんかというのは想像しがたい。

眉をひそめた私に対し、久人さんは「無理にでもするんだよ」と言い張る。

「けんかしない間柄なんて、本気じゃないよ」

「先にお義父さまたちとなさってください」

「あ、そうか、うーん……」

できるかな……と今度は難しい顔をしている。

してください。私よりずっと長い時間、一緒に過ごしてきた方たちです。ぶつけて、ぶつけられて、受け止めて、受け止めてもらって。それに慣れてください。

あなたが発しているのと同じだけの愛を、彼らが持っていることを知ってください。

「とりあえず、今はしません」

「え、けんか？」

「違います」

私は久人さんを押しのけ、ベッドを降りた。

なんのことだかわかったらしく、久人さんは「えー？」と不満そうな声をあげる。

「私は午後から出社しますので」

「俺が寝込んでるのに⁉」

「お元気ですよね？」

「立派に熱があるよ！」

「出る前に、必要なものは枕元にお持ちしますね」

今度こそ彼は、本気でふてくされてしまった。「あ、そう」と言い置いて、ブランケットに潜りこみ、向こうを向いてしまう。

久人さんが休むからこそ、私は出社しないといけないというのに、なんだ。

私は身を屈め、首を伸ばし、耳にキスをした。

「いい子で待っていてください」

ベッドサイドを離れかけて、振り向いた。久人さんの耳が、赤く染まっていることに気づいたからだ。

彼も自覚があるんだろう、いたたまれなさそうに枕に顔を沈め、耳を手で隠す。

「……定時で帰ってきてよね」

ぼそっと、すねた声がした。

笑っていることがばれないよう気をつけたつもりだけれど、たぶん無駄だった。

「はい」

結局、私が部屋を出るまで、久人さんは頑固に背中を向けたままだった。

心が向く先

「へえーっ、生まれ年も月も同じなのは、偶然だったってことか？」

四歳になるお嬢さんを膝に乗せ、樹生さんが目を丸くする。「そうなんだよ」と久人さんは、奥さまが供してくれた香りのいいアイスティーを飲みながらうなずいた。

「引き取ると決めてから俺のプロフィールを見て、運命だと思ったってさ。それを聞いたときは、腰が砕けたよな、こっちは」

ね、と私を見る。私はうなずき返した。

すべてが氷解したあの日、お義父さまの口から出た言葉の中で一番衝撃だったかもしれない。

「たしかに、そりゃ運命だなあ」

「まあ実際、それがうまく働いたって認識はあったみたいだけどね」

もうすぐ二歳という下のお嬢さんがトコトコ歩いてきて、ソファに座る久人さんの膝にしがみつく。久人さんは抱き上げ、泣かれた。

「あれー？　前に会ったときは平気だったのにな」

「半年前だろ？　とっくに忘れられてるよ」

樹生さんが肩をすくめた。

都心の広々したマンションの一角が、彼の自宅だ。はじめて招かれ、奥さまとも初対面を果たした。

お父さんをしている樹生さんの姿は、とんでもなく新鮮だ。どんな炎天下でも汗ひとつかかなそうな、生活感のない人が、本当にパパだったなんて。

なー、とお嬢さんの頬にキスをする様子は、どう見ても父親だ。食い入るように見つめる私に、「こいつが子煩悩《ぼんのう》なの、意外だよね」と久人さんも言った。

聞こえていたらしく、樹生さんが反論する。

「俺が子煩悩なわけじゃない。親ってのがそういうものなんだ」

「はいはい」

「伯父さんもそうだと思うぜ。あの人は特別お前贔屓だからな。それが邪魔して、お前が悩んでることに気づかなかったんだ。許してやれよ」

親しい従兄からのアドバイスに、久人さんは苦笑した。

「俺は、許すなんて立場じゃ……」

「許すなんて立場なんだよ。お前もう三十だろ？　いつまで盲目的に父親を崇拝してんだ、もう一対一の、人間同士の関係になっていい時期だよ」

久人さんが、目を見開いて樹生さんを見る。

「そういうもの？」

「そういうものだよ。それで親子げんかくらいしてこいよ。会話不足なんだよ、お前たち親子はさ」

今度は私のほうを見た。同じことを言われたからだろう。それから足元で遊んでいる二歳の子を、おそるおそる抱き上げる。今度は泣かれずに済んだ。

「そうかー」

「今度、また食事会でもしようぜ。ここ、バーベキュー専用の庭があるし」

「次原も呼んでカメラマンさせようか。あと子守」

「いいね。あいつだけノンアルコールな」

ひどい。

笑いあう薄情な先輩ふたりを見て、子どもたちもかわいい笑い声をあげた。


「あそこも、三人目かー」

樹生さん宅からの帰り、じりじりと照りつける夏の日差しの下、久人さんが空を見上げてつぶやいた。

「奥さまの体調がよさそうで、よかったですね」

「さすが、落ち着いてるよね」

秋には男の子が産まれるらしい。『待望の男の子ですね』と言ったら、『性別なんてなんでもいいよ、健康なら』と樹生さんは笑った。

そうか、と思った。親が子どもに期待するものなんて、ごくごくシンプルなのかもしれない。

幸せであれ、と。

そういえば結婚前に、千晴さんもそう言っていたっけ。

「あの、じゃあ私、ちょっと用事があるので」

「うん、行ってらっしゃい」

地下鉄の駅で、別方向に別れる。この週末は、久人さんは仕事もないので、家でゆっくり過ごす予定だ。

「ちゃんと休んでくださいね、一応病み上がりなんですから」

「わかったよ」

手を振ってさよならし、私は対面のホームにつながる階段を下りた。ちょうど来ていた電車に飛び乗り、郊外へ向かう路線に乗り継ぐ。三十分ほど揺られ、目的の駅に到着した。

暑いので、ちょっと贅沢をして、歩ける距離をタクシーに乗った。

「お寺さんですね、かしこまりました」

「手前の交差点で降ろしてください。お花屋さんに寄りたいんです」

はい、と運転手さんが快くうなずいてくれる。冷房の効いた車内から、かつては両親と一緒に、お盆になると通った景色を眺めた。

父たちは仏花が好きじゃなかった。私は店員さんに相談し、小振りの蘭の花束を一対作ってもらった。

境内《けいだい》に入り、墓地の入り口の木戸をくぐる。砂利の道を少し行ったところにある水道で、手桶に水を張った。

区画整備された墓地を過ぎると、小さな野原に出る。そこに三つの石碑がある。御園家の墓だ。祖父母より先に、両親が眠ることになったお墓。

昔はここも御園の領地だったらしい。この墓地が敷地の端っこで、ここからはるか遠くの海まで、他家の敷地を踏むことなく行けたのだとか。

そんな大それた時代に生まれなくてよかった。

親族のだれかが手向けたらしい花を入れ替えながら、そんなことを考えた。

「しばらく来なくてごめんね」

一番新しい、小さな石碑を磨き、あたりの雑草も取る。午後の日差しはきつく、汗が胸元を伝った。

「今日がちょうど土曜日でよかった」

「ほんとだね」

突然聞こえた声に、はじかれるように立ち上がり、振り向いた。

ずいぶん前に別れたはずの久人さんが、そこにいた。

「どうして……」

「俺が聞きたいよ。どうしてわざわざ、俺と別れてひとりで来たの」

ワイシャツの袖をまくりながら近づいてきて、手桶の水の中からたわしを取り上げる。そして私では背の届かない、大きな石碑を磨きはじめた。

「ご両親の命日でしょ、今日？」

彼が柄杓《ひしゃく》で水をかけると、滴がこちらにも飛んでくる。土埃に汚れていた石碑が、みるみる本来の姿を取り戻していくのを、私は呆然と見つめた。

「そうです……」

「俺に気を使った？」

最後、手桶に残った水を全部撒《ま》いてしまうと、久人さんはようやくこちらを振り返った。私は消え入りそうな声で、「すみません」とやっと謝った。

久人さんが、微笑んで首を振る。

「こっちこそごめん。俺が、家族ドラマは苦手だなんて言ったからだね」

「いえ、ご報告くらい……すべきでした」

「ところでこのお墓、線香を置くところがないね」

きょろきょろしている彼に、私は地面の片隅にある石の台座を指し示した。そこには年季の入った香炉が置いてある。

「これなんです。うち、みんなお線香が嫌いで、仏壇でもお香を炊くんです」

私はバッグから、コーンタイプの白檀のお香を取り出した。香炉に置き、マッチで火をつける。蓋《ふた》をすると自然に火は消えた。

私の隣に久人さんもしゃがみ、手を合わせた。

私はいつもどおり、こちらは元気です、安心してね、と話しかけて、目を開ける。

久人さんは、まだ手を合わせていた。なにか、すごく熱心にお祈りでもしているみたいに、じっと目を閉じている。私が見ている前で、やがて祈りは終わった。

古い花と手桶を持ち、帰る支度をする。洗った石碑はもう乾き、早くも新たな土埃をまといつつある。

「なにをお話ししました？」

「入籍前に来なくて申し訳ありませんって」

砂利道を戻りながら、ぽつぽつと会話する。

「すみません、私がちゃんとお連れするべきでした」

「あんまり頻繁《ひんぱん》に来ないんだって言ってたね」

「そうなんです」

お墓参りというもの自体、我が家ではそんなに重視されていなかった。お墓にだれがいるわけでもないし、というのが両親の言い分だった。

『あんな辺鄙《へんぴ》な場所に子孫を通わせるくらいなら、墓になんか入りたくない』

口癖のようにそう言っていたので、私もあえて、命日にしか来ないようにしていたのだ。そのぶん、月命日には家に花を飾り、千晴さんと食事をした。

「……ほかには？」

「ありきたりなこと。桃子さんを幸せにしますって」

水道の横の棚に、手桶と柄杓を返却する。ざっと手を洗い、木戸をくぐった。

私は、久人さんが今日、ワイシャツとスラックスで、ネクタイまで締めている理由にようやく思い至った。樹生さんの家に遊びに行くにしてはかちっとしているな、と不思議だったのだ。

境内を出ると、ようやく深呼吸してもいい気分になる。久人さんも、うーんと伸びをした。あの大きな石碑をふたつも磨くのは、重労働だっただろう。

「ここに来ると、必ず寄るレストランがあるんです」

「俺も行っていいの？」

「もちろん。歩いてすぐです」

先に立って歩こうとした私の手を、久人さんが握った。にこっと笑い、「こっち?」と手をつないで歩き出す。

「久人さん」

「ん?」

「私、もう幸せです」

車も通らない、静かな細い道路。左手はお寺の塀が続き、右手は見渡す限り、青い稲が揺れる田んぼだ。

久人さんがぽつりとつぶやいた。

「幸せって、なんだろ」

「大好きな人がいて、してあげたいことがあって……きっとしてあげられるっていう希望がある。そんな感じじゃないでしょうか」

ちょっと驚いたような顔がこちらを見た。それから、ふっと笑顔になる。

「じゃあ、俺も幸せだ」

「そういえば、私こそお役御免ですね。商社に入るために結婚したんですもんね?」

「またそういう意地悪?」

今度は困り顔。くるくる表情の変わる久人さんに、私は笑った。

「もう今は、違うよ」

「なにがですか?」

「結婚してる理由だよ……」

「どう違うんですか?」

久人さんの顔が赤らんでくる。「言っただろ」と怒られたので、このへんで勘弁してあげることにした。

少し歩いたところで、彼が口を開いた。

「子ども、作ろっか」

私はびっくりした。そういえば一度も、そんな話をしたことがなかった。

「はい」

「樹生のとこ見てると、いいなあって思うんだよね。今ならきっと、高塚のしがらみとも無関係に育ててあげられる。でも……」

久人さんの視線がうろうろし、地面に落ちる。彼がなにを心配して、言えずにいるのか、わかった。

つないだ手を、ぎゅっと握った。

「生まれてくるのは、久人さんの子です」

久人さんと私の子です。

子どもが受け継ぐのは、血や遺伝子だけじゃありません。あなたがお義父さまとお義母さまから注がれてきた愛情を、受け継いで生まれてくるんです。

大丈夫。あなたの子は、きっとあなたの敬愛するご両親に、どこか似ています。

「……父さんと、あのあと会社で会ったんだ。『言い忘れた』って言うんだよ」

「なにをです？」

「『恩は親に返すものじゃない。与えられたと感じるものがあるなら、同じものを自分の子に施しなさい』ってさ」

私の両親を、久人さんのご両親に会わせてあげたかった。なんてすてきな人たちのもとへ嫁いだのかと、喜んだだろうに。

「たくさんありますね」

「あーでも、やっぱり、もう少しゆっくりでいいな」

急に調子が変わったので、何事かと彼を見上げる。意味ありげな微笑みが、私を見返した。

「しばらくは、ふたりで過ごしたいよね」

私も笑い返した。

はい、私もそう思います。

「もし家族が増えることになったら、久人さんはまず、お仕事を減らしてください。働きすぎです」

「えー？」

「今の生活で、いつ子どもの顔を見るつもりです？」

宙を見つめて考えこんだ久人さんは、「そっか」と素直に納得を見せた。

「そうだね、優先順位を変えなきゃだね」

「自然と変わるものなのかもしれませんけどね」

樹生さんを見ていると、なんとなくそんな気がする。久人さんも子ども会いたさに、率先して仕事を切り上げて帰ってくるようになるだろう。

「腹減ったねー」

「もうすぐ着きますよ」

つないだ手を、くいと引かれる。足を止めて、だれもいない道端で、笑いながらキスをした。

「好きだよ、桃」

「私もです」

「俺から離れちゃダメだよ」

甘えているんだか、いばっているんだか。

久人さんらしい言いぐさに、私は盛大に噴き出し、彼の首に腕を回して抱きついた。

仕方ないなあ、という感じで彼も抱きしめ返してくれる。

はい、離れません。

だって私たち、これから恋をするんです。

もう結婚もして、夫婦生活も始まっているけれど、全部これから。お互いのことをひとつひとつ知って、もっと好きになって、もう一度誓うの。

「なに笑ってるの」

「幸せなので」

人目がないのをいいことに、しっかり抱きあってキスをした。日差しに温められた身体から、久人さんの香りがする。

ずっとずっと、寄り添って歩くの。

そして誓うの、もう一度。

幸せになりますって。

特別書き下ろし番外編

今さらですが聞いてみました

玄関で出迎えたら、約束していた次原さんのうしろに、なぜか樹生さんがいた。

「すみません、会社に寄ってきたら、駅で偶然会って……」

「せっかくだし、一緒に来ちゃいなよって次原が言うからさ」

「僕が言うわけないです」

ふたりらしいなあと笑いながら、私はスリッパをひとつ増やし、彼らをリビングに案内する。飲み物を用意して待っていた久人さんは、客人をひと目見て状況を理解したらしく、無言でキッチンに戻った。

「樹生もアルコールでいい？　車じゃないよね」

「あー俺、お茶で。このあと嫁の実家に行くんだ、里帰り中だから」

そうだ！　彼のところはつい先日、三人目の赤ちゃんが無事生まれたのだ。

「お忙しそうですけど、ちゃんと会えてますか？」

チッチッチ、と樹生さんが私に人差し指を振ってみせる。

「こういうのは会えるかどうかじゃないんだよ、会うかどうか！」

「こいつ、少しでも時間があいたら平日の夜でも行っちゃうからね」

「あ、お祝いありがとう、次原も。嫁もすごく喜んでた」

「いえいえ。外出できるようになったら、ぜひ一家の写真を撮らせてください！」

久人さんと樹生さんがいっせいに、「出た、カメラ小僧」とはやし立てる。

私もお酒を飲むつもりだったけれど、ひとりお茶の人がいるなら、そちらにおつきあいしよう。キッチンでティーセットを温めつつ、茶葉を選ぶことにした。

「久人さん、私がやります」

「いい？　ありがと」

作業を引き取り、リビングのソファ席の会話に耳を澄ます。

「上のお嬢さんたちも実家ですか？」

「そう。ジジババに甘やかされて、たまに保育園にも行ってる、友達作りに」

「園児の枠が余ってるの、すごいね」

「さすが地方って感じだろ、人口の局地化だよ。それより長男の写真、見る？」

「もう見せてるじゃないですか」

聞いているだけで笑ってしまう。仲のいい三人だ。

「そういや久人、独立の準備は順調なの」

「ぼちぼちね」

「桃子さんは置いていってくださると助かるんですが」

紅茶が入ったので、彼らのもとへ持っていく。

「私はもとから居残りなんだそうです」

「へえ？　いい香りだね、いただきます」

甘い香りのフレーバーティーだ。テーブルの端に自分のぶんも置いた。

「どうしてですか？　今の会社では、平気で奥さまをこき使ってたじゃないですか」

「うるさいな。いろいろ事情があるんだよ」

「まあ、職場に嫁がいるのは一長一短だよね。次原も結婚したらわかるよ」

そうだ、聞いてみたいことがある。私はあいているソファに腰かけた。

「久人さんて、私のこと外ではなんて呼んでます？」

三人がきょとんとした。久人さんが当然のように答える。

「桃だよ。外でも中でも一緒じゃん」

「そうじゃなくて、〝嫁〟とか、そういう」

あー、と理解した声をあげたのは樹生さんだった。

「〝女房〟とか〝家内〟みたいな？　たしかにあれ、個人差あるよね」

「それです、それです」

「俺、奥さんって言ってると思うけど」

「私の前ではですよね。私のいないところでは、どうなのかなって」

久人さんたちはかわるがわる顔を見あわせ、「嫁ですかね」「嫁さんって言ってるの聞いたことある」「妻、はよほど堅い場でしか使わないなあ」と首をひねる。どうやら、男の人はあまり意識していない部分みたいだ。

「僕は妻って言いたいですねえ、いつか」

「言いそうだな」

「言いそう。ていうかさあ、久人。俺ずっと思ってたんだけど」

ごく薄いウイスキーの水割りを飲みながら、久人さんが「うん？」と眉を上げた。

「お前、そもそも人前で、恋人を恋人扱いしない奴だったよな」

口をつけているグラスの中身が、ごぼ、と鳴る。むせたらしい。

次原さんも、「わかります」とうなずいた。

「連れて歩いてても、〝俺の〟みたいな空気を出さないんですよね」

「だよな。あれ、なんでなの？　お前なりのマナー？」

久人さんが気まずそうな視線を私に向ける。いろいろ派手にやっていたころの話を蒸し返されるのがいやなんだろう。

残念ながら、私はとても興味がある。本人がまったく語ろうとしないからだ。

「どのお相手でもそうだったんですか？」

「いっぱいいたみたいな言いかたやめてくれる？」

「いなかったみたいな言いかたやめろよな」

従兄弟の間で、不毛なやりとりが交わされる。そんな中、次原さんが妙に浮き浮きした仕草で鞄をあさりはじめた。

「僕、予知能力があるかもしれませんね」

「もう酔っぱらってんの？」

「こんな話題になるかと、持ってきたんですよ、高塚先輩の黄金時代の記録！」

樹生さんの茶々にもめげず取り出したのは、数冊のフォトブックだった。

即座に奪い取ろうとした久人さんの手を、次原さんが俊敏な動きでかわす。一冊回されてきたので開いた。そこには若さあふれる久人さんがいた。

「これ、モトクロスですか？」

「はい、レース前のファンサービス中ですね。男くさい世界なんですが、この両先輩がたは女性にも人気で」

「俺も写ってる。懐かしー。あ、この子が当時の久人のガールフレンド」

久人さんの妨害をよけながら、樹生さんが自分のぶんのフォトブックをこちらに広げてみせる。ライダースーツの上を脱いだ久人さんが写っていた。かっこいい。

そしてガールフレンドは……と樹生さんの指の先をたどる。

「えっ!?」

「他人みたいでしょ。いつもこうなんだよ、こいつ」

写真の中では、ファンのひとりが差し出すパンフレットのような冊子に、久人さんがサインを入れている。その背後に、金色に近い茶色の髪をポニーテールにしたきれいな女の子が写っている。

言われてみれば、ほかの写真にもその子が写りこんでいる。常にその子が久人さんの一番近くにいる。だけどどれひとつとして、ふたりが目を合わせていたり寄り添っていたりする写真はない。

「カメラの前だから気を使って……」

「違うよ。こいつ、撮られてることにも気づいてないじゃん、この写真とか、ほら」

本当だ。私は一連の写真を何度も見比べた。

当の久人さんは、ソファの上で居心地悪そうに、あらぬ方角に視線を投げている。

樹生さんがその肩をぽんと叩いた。

「そんな態度を取るってことは、お前も成長したんだな」

「だって、お互いひとりの人間で、たまたま人生のある時期、一緒にいようかなって思った、そういう相手なわけでさ、それを所有物みたいに……」

急に弁解を始めたので、それがガールフレンドとの距離に対する考えだと理解するのに少しかかった。三人が見守る中、「っていう……」と声が消えていく。

次原さんが真顔で尋ねた。

「それ、おつきあいしてる意味あります？」

「だからそういう考えだったんだよ。今そこを突っこまれても困るんだって」

「そう言うわりに、桃子ちゃんのことは俺の俺のってうるさかったな」

指摘されて、困惑したように久人さんが私と樹生さんを見る。

「え、わかんない。そうだった？」

「そうだった。珍しいなと思ったもん」

「会社でもそうでしたよ、桃、桃って我が物顔で」

「次原！」

耳を赤くする久人さんを、ふたりがからかう。私はフォトブックをじっくり眺めた。

髪の長さや体型は今とあまり変わらない。ただ若いぶん、顔の輪郭がふっくらしている。だけどなぜか、シャープになった今のほうが、穏やかに見える気がする。

『たまたま人生のある時期、一緒にいようかなって思った、そういう相手』

彼のスタンスがよくわかる言葉だと思った。出会ったころの久人さんなら、私についても同じように言ったに違いない。

「ほんと、人生を借り物だと思って生きてたんだな、久人」

ふと樹生さんが言った。しみじみした声音だった。

次原さんは聞こえないふりで、お酒を飲んでいる。この距離感が、彼らを長い間、仲よしのままいさせたんだろう。

「桃子ちゃんに会えてよかったな」

微笑む樹生さんに、久人さんは戸惑い気味に視線をあちこちさせて、やがて照れくさそうに「うん」と笑い返した。

「……ていうか次原、お前、黄金時代ってさあ、人をピークが過ぎたみたいに」

「ぎらぎらしてたって意味ですよ。今のほうがいいです。円熟期っていうんですかね」

「むしろ赤ちゃんだろ。生まれ直して人間一年生みたいなもんじゃん、今。なあ?」

好き放題言われている。

私はいつの間にかテーブルの上に放置されている別のフォトブックを取った。様子からして大学の卒業式だろう、今度はスーツ姿だ。

並木道に佇み、風に髪を散らして空を見上げている。思わず「すてきな写真ですねえ」と言っていた。

「僕の写真、気に入ってもらえました?」

「すごく好きです。今の私たちの写真も撮っていただきたいなあって」

「撮りますよ!」という弾んだ声と、「えーっ!」という不満げな声が重なる。

「絶対やめたほうがいいよ、桃。こいつ、オフィシャルですかってくらい張りついて、ほんと鬱陶しいから」

「その姿勢が奇跡の一瞬をファインダーに収めるんですよ！」

「記者かよ！」

中学生みたいな言い争いをするふたりに、「やめとけよ」と樹生さんが声をかける。

「目もあてられないようなデレデレした久人が写るだけだぜ、きっと」

言い返せず、むっと押し黙る久人さんの耳が赤い。「なるほどー」とにやにやする次原さんの頭を、久人さんがごつんと殴った。

樹生さんが「ね？」と私に向かっていたずらっぽく首をかしげる。

私は久人さんのむくれた視線を受け止めながら、そうだったらいいなあと思ったことは、胸に秘めておこうと思った。

END

あとがき

こんにちは、西ナナヲです。ベリーズ文庫にて『最愛婚～私、すてきな旦那さまに出会いました』として発行された本作が、装いを新たに生まれ変わりました。スターツ出版文庫から二冊目をお届けすることができてうれしいです。

次になにを書こうか考えるとき、あちこちからヒントをもらうことが多いです。この話を書いたころは、界隈で人気のワードを取り入れるのが自分のブームで、『お見合い結婚』のワードを使おう、と決めたのが出発点でした。

愛されて育った人ならではの強さを持つヒロインと、人として欠けたところのあるヒーローの、彼らなりの夫婦像を楽しんでいただけたらと思います。

我が家の冷蔵庫の調子が怪しいです。どうも冷えが足りていないと感じることがあったり、棚や引き出しがガタついてきたり。

考えてみたら、買ったのは十年以上前でした。結婚前から使っていたため、ファミリータイプではなく、容量も足りません。買い替えるか……と思いはじめてはや二年ほど、だましだまし使っています。

昨年洗濯機が壊れたとき、こういう〝一日でも使えなくなったら困る〟系の家電は、限界が来る前に新しくすべしと学びましたし、家電を買い替えるのは大好きなのですが……冷蔵庫の入れ替えって、めんどくさいですね？　中身を全部出すのも手間ですし、冷凍保存してあるものはどうしようとか気苦労も多い。食品が傷みにくい季節になってから……と先延ばしにしては放置するパターンです。

ほんのひと昔前は、ＰＣや携帯の入れ替えも本当に億劫でしたね。今ではオンラインストレージなるものがあるので、去年の夏、ＰＣがいきなりぶっ壊れて大汗をかいたときも、お財布以外へのダメージはありませんでした。

クラウド万歳、と言いたいところですが、ひとつのファイルをＰＣからもスマホからも編集するという機能をいまだに信じきれていない私です。出先でスマホから編集したはずがアップロードされておらず、作業がパアになった経験をしているからです。アプリも環境も進化し、今ではそんなことは起こりにくいのかもしれません。しかしすっかりトラウマになってしまい、便利な仕組みを頑なに使わずにいます。

文庫化に際しご助力をいただいた各位、またここまで応援してくださったみなさまに、心からの感謝を込めて。

西《にし》ナナヲ

この物語はフィクションです。実在の人物、団体等とは一切関係がありません。

本作は二〇一八年五月に小社・ベリーズ文庫『最愛婚―私、すてきな旦那さまに出会いました』として刊行されたものに、一部加筆・修正したものです。

西ナナヲ先生へのファンレターのあて先
〒104-0031　東京都中央区京橋1-3-1　八重洲口大栄ビル7F
スターツ出版（株）書籍編集部 気付
西ナナヲ先生

お嫁さま！
～不本意ですがお見合い結婚しました～

2019年10月28日　初版第１刷発行

著　者　西ナナヲ　©Nanao Nishi 2019

発 行 人　菊地修一
デザイン　カバー　北國ヤヨイ
　フォーマット　西村弘美
発 行 所　スターツ出版株式会社
〒104-0031
東京都中央区京橋1-3-1　八重洲口大栄ビル7F
出版マーケティンググループ　TEL 03-6202-0386
（ご注文等に関するお問い合わせ）
URL　https://starts-pub.jp/
印 刷 所　大日本印刷株式会社

Printed in Japan

ISBN　978-4-8137-0777-6　C0193

スターツ出版文庫　好評発売中!!

『ログイン0』　いぬじゅん・著

先生に恋する女子高生の芽衣。なにげなく市民限定アプリを見た翌日、親友の沙希が行方不明に。それ以降、ログインするたび、身の回りに次々と事件が起こり、知らず知らずのうちに非情な運命に巻き込まれていく。しかしその背景には、見知らぬ男性から突然赤い手紙を受け取ったことで人生が一変した女子中学生・香織の、ある悲しい出来事があって――。別の人生を送っているはずのふたりを繋ぐのは、いったい誰なのか――⁉　いぬじゅん最大の問題作が登場！

ISBN978-4-8137-0760-8 ／ 定価：本体650円＋税

『僕が恋した図書館の幽霊』　聖《ひじり》いつき・著

『大学の図書館には優しい女の子の幽霊が住んでいる』。そんな噂のある図書館で、大学二年の創《はじめ》は黒髪の少女・美琴に一目ぼれをする。彼女が鉛筆を落としたのをきっかけにふたりは知り合い、静かな図書館で筆談をしながら距離を縮めていく。しかし美琴と創のやりとりの場所は図書館のみ。美琴への慕る想いを伝えると、「私には、あなたのその気持ちに応える資格が無い」そう書き残し彼女は理由も告げず去ってしまう…。もどかしい恋の行方は…⁉

ISBN978-4-8137-0759-2 ／ 定価：本体590円＋税

『あの日、君と誓った約束は』　麻沢《あさざわ》 奏《かな》・著

高1の結子の趣味は、絵を描くこと。しかし幼い頃、大切な絵を破かれたことから、親にも友達にも心を閉ざすようになってしまった。そんな時、高校入学と同時に、絵を破った張本人・将真と再会する。彼に拒否反応を示し、気持ちが乱されてどうしようもないのに、何故か無下にはできない結子。そんな中、徐々に絵を破かれた“あの日”に隠された真実が明らかになっていく――。将真の本当の想いとは一体……。優しさに満ち溢れたラストはじんわり心あたたまる。麻沢奏書き下ろし最新作！

ISBN978-4-8137-0757-8 ／ 定価：本体560円＋税

『神様の居酒屋お伊勢～〆はアオサの味噌汁で～』　梨木《なしき》れいあ・著

爽やかな風が吹く5月、「居酒屋お伊勢」にやってきたのは風の神・シナのおっちゃん。伊勢神宮の「風日祈祭《かざひのみさい》」の主役なのにお腹がぷよぷよらしい。松之助を振り向かせたい莉子は、おっちゃんとごま吉を引き連れてダイエット部を結成することに…！　その甲斐あってお花見のあとも春夏秋とゆっくり仲を深めていくふたりだが、突如ある転機が訪れる――なんと莉子が実家へ帰ることになって…⁉　大人気シリーズ、笑って泣ける最終巻！ごま吉視点の番外編も収録。

ISBN978-4-8137-0758-5 ／ 定価：本体540円＋税

書店店頭にご希望の本がない場合は、書店にてご注文いただけます。